지구촌은 넓고
이상한 얘기도 많다

김영진 엮음

지성문화사

시작하면서

'지구촌은 넓고 이상한 얘기도 많다'는 본인이 주간지나 월간지 등에서 읽거나 들어서 알게 된 재미있고 희한한 이야기들을 재구성하여 엮은 책으로서, '지구촌은 넓고 얘깃거리도 많다'의 속편이라고 말할 수 있다.

본인은 물론, 이 책의 내용이 모두 사실이라고 주장하지 않으며, 이 책의 내용은 매우 유익한 것이라고 주장하지도 않는다. 단지 하는 일이 제대로 풀리지 않아 짜증이 나거나 답답할 때, 그리고 어려운 일을 당해 기분이 울적해졌을 때 이 책을 읽으면 작은 도움이나마 될 것이라고 말할 뿐이다.

이 책의 재미있는 이야기들을 읽다가 보면 여러분의 답답한 기분이 약간은 풀어지게 될 것이고, 커다란 불행을 당한 사람들의 딱한 이야기들을 읽다가 보면 현재 자신이 처해 있는 어려움이 절망적이라고 말할 정도로 큰 것은 아니었구나라는 생각을 새삼스럽게 하게 될 것이다.

아무쪼록 이 책이 아무런 쓸모도 없는 '쓰레기'로 전락되지 않기를 바라는 마음 간절하다.

엮 은 이

차례

1. 해괴한 이야기 (에콰도르 편)

2. 괴 담

3. 흔하지 않은 이야기들 ❶

4. 에로 백과

5. 특별한 몸을 가진 사람들

6. 읽지 않으면 후회하게 될 이야기

1.
해괴한 이야기 (에콰도르 편)

환상의 소

안바트 지방에서는 '환상의 소'가 가장 불가사의한 존재로 여겨지고 있다. 이 지방에는 먼 옛날부터 '환상의 소'가 있다고 이야기가 전해지고 있는 것이다.

이 '환상의 소'라는 것은 달이 없는 밤에 갑자기 나타난다. 소의 무리가 내는 울음소리가 들려온다고 느끼는 것과 동시에 많은 소의 발자국 소리가 들려오는 것이다. 그런데 어디에서도 소의 모습같은 것은 전혀 보이지 않는다.

이 같은 이상한 현상이 소 같은 것이 있을 리 없는 인가가 밀집된 마을의 한가운데에서 일어나고 있는 것이다.

이 이상한 현상은 학자들에 의해 여러 차례 조사되었지만 아직도 원인을 알지 못하고 있다.

마을을 전멸시킨 버섯

옛날 시구시구 지방의 세게 마을은 크게 번창해서 인구가 3천 명 이상이나 된 적도 있었다고 한다.

그런데 이 세게 마을이 갑자기 나타난 수수께기의 버섯에 의해 전멸당하고 말았던 것이다.

어떤 해인가 큰 비가 20일 가까이나 계속해서 내렸다. 그런데, 이윽고 비가 그치고 나서 3일째 되는 날 갑자기 우산처럼 커다란 괴물 버섯이  마을의 여기 저기에서 불쑥불쑥 솟아나기 시작했던 것이다.

이 괴상한 버섯은 순식간에 마을 전체를 덮어 집을 부수었으며 농작물을 재배할 수 없게 만들어 버렸다. 그리하여 세게 마을은 이 버섯 때문에 고스트타운(유령의 도시)이 되고 말았던 것이다.

공포의 숲

사모라 지방에 있는 '테스가의 숲'은 먼 옛날부터 사람이 접근하지 않는 무서운 숲으로 되어 있다.

울창한 수목이 우거진 이 숲속은 마치 냉장고 속과도 같은 이상한 냉기가 있으며 이 숲에 들어가면 전신에 압박감을 받으며 몸의 피부가 직직 갈라지면서 피가 솟아나고 만다는 것이다.

게다가 그 솟아나온 피는 '아니?'하고 놀라는 사이에 얼어버리고 만다.

이러한 이상한 현상은 넓은 숲속의 극히 한정된 곳에서만 일어나는데 어째서 그 곳에서만 이 같은 냉기가 일어나는지는 전혀 알 길이 없다.

환상의 자동차 소리

안드바드라는 마을에서 십수 년 전부터 이상한 일이 일어나고 있다. 그것은 한밤중이 되면 마을의 중앙에 있는 큰 도로로 자동차의 소리만 지나가는 것이다. 그래서 길에 면한 곳에서 사는 사람들은 잠을 못잘 정도라고 한다.

이 유령차의 정체를 알기 위해 경찰이 출동하여 모든 자동차를 정지시키고 시민들도 천여 명이 입회하여 조사했는데 동쪽에서 서쪽으로 시속 80킬로미터 정도의 속력으로 달리는 차의 소리만 들었을 뿐 차의 모습을 목격한 사람은 아무도 없었다고 한다.

따라서 주민들은 20년쯤 전에 8대의 차가 충돌하여 7명의 사망자를 낸 대사고가 있었는데 그 때 파손된 차의 유령일 것이라고 말하고 있다.

원한을 가진 영혼의 동굴

사모라 지방의 야스그 마을에는 너무나 기괴한 동굴이 세 개나 있다.

이 동굴은 절벽에 위치하고 있는데, 그 중의 하나로부터는 남자의, 또 하나로부터는 여자의 그리고 또 하나로부터는 아이의 괴로워하는 듯한 신음소리와 울음소리가 들려나온다는 것이다.

이 동굴이 발견된 것은 60년 전이나 되는 옛날의 일인데 그 같은 신음 소리와 울음 소리는 지금도 발견되었을 때와 조금도 변하지 않고 분명하게 들린다고 한다.

몇 차례에 걸쳐 조사가 행해졌지만 동굴 속에는 사람의 뼈 한 조각도 없었다. 그래서 지방의 사람들은 먼 옛날 이 동굴에 던져 넣어진 사람의 원령의 짓이 아닐까하고 생각하고 있는 모양이다.

사진설명 : 동굴로 이어지는 강과 동굴 체험자.

수수께끼의 항아리

테나 지방의 가르트 마을의 땅 속으로부터 똑같은 모양을 가진 항아리들이 천 개나 발견되었다.

이 항아리는 높이가 약 1미터로 호리병 모양을 한 동제인데 각각에 다른 문자가 2자씩 새겨져 있다. 따라서 전체의 글이 뭔가 의미를 나타내고 있는 것이 아닐까하고 생각되는데 그 문자를 해독할 수가 없는 것이다.

또 이 항아리를 태양빛에 비추어 보면 뭔가 꽃이나 새·짐승 등의 투시도가 있는 것이 마치 유리항아리를 보는 것처럼 보인다. 그리고 수 년 전에 어떤 조사원이 항아리를 불에 쏘였더니 독성 가스가 발생하여 그 조사원은 중독사하고 말았다고 한다.

수수께끼의 두더쥐 인간

쵸네 지방의 산에는 폰테 족이라는 환상의 '두더지인간'이 있는 모양이다. 하지만 그들은 다른 인간에게는 결코 모습을 보인 적이 없다고 하며 지상에서 생활하지 않고 지하나 산에 있는 동굴 속에서 살고 있다고 한다.

그래서 실제로는 어떤 생활을 하고 있는지 또 어떤 모습을 하고 있는지 전혀 알 수가 없다.

이 지방 사람들 사이에서 폰테 족의 존재가 전해지기 시작한지 이미 백년 이상이나 된다고 하는데, 그들의 실상은 아직까지도 두터운 베일에 싸여 있다.

2.
괴 담

가스난로의 불이 꺼질 때

어느 해 겨울 저녁 때, 시내의 어느 간이식당에서 젊은 남자 하나가 불안한 표정으로 저녁식사를 하고 있었다.

그는 이상호라는 이름을 가진 S대 학생이었다.

그는 그 날 밤에 꼭 해야 할 일이 하나 있었는데 그것에 대한 생각이 아무래도 머리에서 떠나지 않고 있는 것이었다.

그 일이란 가스 밸브의 손잡이를 돌렸다가 다시 원상으로 복구하는 정도의 지극히 간단한 일이었으나 무서운 일임에는 틀림없었다.

다만 그 간단하고 무서운 일을 성공적으로 해내기만 하면 이상호에게는 오수미와의 달콤한 생활이 약속되어 있는 것이었다.

그는 오수미를 사랑하고 있었다.

이상호는 거의 무의식적으로 시계를 보았다.

아직 3시간 이상이나 시간이 남아 있었다.

마음이 몹시 불안했다.

그는 조금 전에 시장에서 구입한 장갑을 손에 끼고는 아무런 의미도 없이 꼭 쥐어보았다.

마음을 진정시켜 보려고 석간신문을 읽어보았다.

신문 사회면에는 클로로포름에 연관된 기사가 나와 있었다.

여자 혼자서 사는 아파트를 노리고 들어가 클로로포름 냄새를 맡게 하여 잠 재우고 그 동안에 물건을 훔쳐 낸다는 수법인 것 같았다.

'위험에 비해 수입은 적은 것이 아닌가?'

하고 이상호는 생각했다.

그가 할 일에는 위험같은 것은 없었다.

그 때 얼핏 오수미의 모습이 그의 뇌리를 스쳐갔다.

내일부터는 누구에게도 거리낌 없이 그녀를 안아 줄 수 있게 되는 것이다.

호화스런 맨션아파트의 밀실.

젊은 오수미가 테이블에 위스키를 놓고 앉아 있었다.

하얀 피부, 수려한 눈, 가슴에서 흐르는 곡선이 굉장히 매혹적인 여인이었다.

오수미는 방의 한구석에 있는 냉장고를 열고 그 속에서 사이다 병을 꺼냈다. 병마개를 열고, 수면제를 넣은 다음 다시 병마개를 닫고 냉장고에 다시 넣었다.

그녀도 역시 그 날 밤에 일어날 무서운 사건에 대해서 생각하고 있었다.

그런데 그녀에게는 그 공포가 아무래도 실감이 나지는 않았다.

한편으로는 젊은 이상호와 동거할 수 있게 된다는 즐거움이 눈 앞에 닥쳐온 탓도 있겠지만, 그 이상으로 실로 교묘하게 계획이 짜여져 있기 때문에 자기들이 실행하고 있다는 생각이 들지 않기 때문이기도 했다.

그녀는 소파에 몸을 기댄 채, 그 방에서 2시간 후에 일어날 일에 대해서 곰곰이 상상해 보았다.

시계는 아마 8시 반을 가리키고 있을 것이다.

이 소파에는 중년의 신사가 앉아 있게 될 것이다.

그녀의 패트런인 김민우 사장이다.

그는 몹시 신경질을 내고 있을 것이다. 평소의 약속대로 8시 정각에 아파트에 왔는데 오수미가 부재중이니 말이다.

그는 냉장고를 열고, 사이다를 꺼내서 평소와 같이 하이볼을 만들어 마실 것이다. 그 때에 전화가 걸려오는 것이다.

오수미로부터의 전화다.

"죄송해요. 잠깐 볼일이 있어서 집을 비웠어요. 그렇지만 이제 볼일을 다 봤으니 곧 들어갈께요. 냉장고에 사이다가 있으니… 네? 벌써 마시고 계시다고요? 그럼 조금만 기다리세요. 그리고 추우면 방을 따뜻하게 해 놓으세요. 네?"

김민우 사장은 전화를 끊고 또 하이볼을 마실 것이다.

어느덧 잠이 오게 된 그는 자기도 모르게 소파에 누워 버리고 말 것이다.

시계 바늘이 9시 반을 향해 이동하고 가스스토브의 불은 빨갛게 불타고 있을 것이다.

오수미는 집에서 나가기 전에 다시 한 번 실내를 둘러 보고, 무슨 실수가 없나 확인하고 있었다.

그 때 마침 현관의 부저가 울렸다.

문을 여니 어떤 낯선 남자가 서 있었다.

남자는 한 발자국 방 안으로 들어오자마자 문을 닫더니 민첩한 동작으로 호주머니에서 손수건을 꺼내 그녀의 코에 그것을 들이 됐다.

클로로포름의 냄새가 방 안에 퍼져나가면서 오수미는 비틀거렸다.

남자는 기절하여 쓰러진 오수미의 입에 테이프를 붙이고 손발을 꽁꽁 묶어 응접실의 의자에 붙잡아 매놓았다.

그리고 나서 천천히 실내를 탐색하기 시작했다.

오수미는 깊은 잠이 든 채 누워 있었다.

시내의 공중전화 부스에서 김민우 사장이 다이얼을 돌리고 있었다. 그런데,

"따르릉…… 따르릉."

하는 신호소리만 나고 상대방이 전화를 받아주지 않았다.

김민우 사장은 수화기를 놓으며 중얼거렸다.

"웬일일까? 수미가 오늘 저녁에 꼭 와 달라고 그렇게 졸랐었는데…… 자기 편에서 집을 비우다니…… 상관없지. 어차피 나도 오늘 밤에는 갈 수가 없으니까."

공중전화 부스에서 나온 김민우 사장은 바쁘게 승용차 쪽으로 걸어갔다. 그는 그 날 저녁에 오수미의 아파트로 가지 않게 된 것이다.

이상호는 하얀 입김을 내뿜으면서 거리를 걸으며 생각하고 있다.

'지금쯤 수미는 어디선가 완전한 알리바이를 만들고 있을 거야. 수미가 의심받을 일은 우선 없을 것이고, 설사 의심받는다 해도 알리바이가 수미를 지켜줄 테니 걱정할 것은 없지.'

멀리 맨션아파트의 창문들이 비쳐보였다.

그는 코트의 깃을 올렸다. 가슴이 뛰기 시작했고 손바닥에는 어느새 땀이 흠뻑 배어 있었다.

오수미는 응접실 의자 위에서 눈을 떴다.

수족이 묶여 있었기 때문에 한 치도 움직일 수가 없었다. 입에 테이프가 붙어 있어서 소리지를 수도 없었다.

그녀는 의식이 희미한 채로 생각하고 있었다.

'이게 무슨 꼴이람. 남의 일이라고만 생각하고 있었는데 내가 클로로포름 강도한테 당할 줄이야. 그나저나 지금쯤 김사장이……'

그렇게 생각한 순간 오수미의 등에 차가운 공포의 전율이 흘렀다.

그녀의 눈은 뚫어지게 탁상시계의 바늘을 노려보고 있었다.

시계 바늘이 바로 그 시간에 접근하고 있었다.

이상호는 맨션아파트의 문 밖에 서 있었다.

내다보는 구멍의 핑크색 유리를 통하여 실내의 빛이 새어 나오고 있었다.

부저를 눌렀는데도 응답이 없었다.

'음, 역시 강 사장은 잠들었구나.'

이상호는 준비한 장갑을 끼고 , 문 곁에 있는 가스 밸브의 손잡이를 쥐었다. 손잡이를 반 회전 시켰다가 꼭 2분이 지난 뒤에 원위치로 돌렸다.

같은 시각.

아파트 안에서는 오수미가 필사적으로 몸을 꿈틀거리고 있었다.

그녀는 현관의 부저 소리를 들었다.

이상호가 거기까지 와 있다는 것을 알았지만…….

"상호씨 중지하세요. 살려주세요! 안에 있는 것은 저예요. 수미예요!"

오수미는 열심히 그렇게 소리 지르려고 했지만, 테이프로 입이 막혀 있어서 한 마디도 소리가 밖으로 새어나오지 않았다.

몸을 움직일 때마다 무거운 의자가 '덜커덕' 하는 소리를 냈지만 그 이상은 까딱도 하지 않았다.

그녀의 눈이 갑자기 빨려드는 것처럼 한 점을 응시하였다.

가스스토브의 불이 점점 작아지다가 아주 가늘어지더니 "팟!" 하고 작은 소리를 남긴 채 아주 꺼지고 말았다.

무서운 침묵이 2분 정도 실내를 지배했다.

이윽고 "슈웃"하고 기분 나쁜 소리가 일어나더니 코를 찌르는 역겨운 냄새가 실내에 진동하기 시작했다.

악마의 다리

 이탈리아 모찬노 지방의 불고라는 곳에 가면 '악마의 다리'라는 으스스한 이름의 다리가 있다.

 근착 미구의 선지가 소개한 이 다리에 얽힌 전설은 이렇다.

 한 1천년 전 쯤 이 마을 사람들은 마을을 가로지르는 강에 다리를 놓으려고 애를 썼지만 번번이 짓는 도중에 무너져버려 여간 고민이 아니었다. 당시 마을에는 마다레나라는 소녀가 살고 있었다. 악마에게 잡힌 그녀는 영혼을 빼앗길 위기에서 벗어나 간신히 도망친다. 그러자 다시 다리를 건설 중이던 마을 사람들은 악마가 심술을 부려 그나마 만들고 있는 다리를 부스러뜨릴까봐 겁이 나서 악마와 흥정을 한다. '나머지 다리를 놓게 하고 두고두고 다리를 잘 보호해 주겠다고 약속하면 완성 후 다리를 처음 건너는 것의 영혼을 주겠다고' 한 것이다.

 그러나 막상 다리가 완성됐으나 개미새끼 한 마리 다리를 건너려는 것이 없었다. 마을 장터에 사람이 몰려들 시간이 다 돼오자 다급해진 마을 사람들은 사람 대신 개를 한 마리 건너가도록 했다.

 악마는 화가 났지만 약속은 약속이므로 다리를 지켜줬다는 것이 이 '악마의 다리'에 얽힌 전설이다.

그래서 그런지 1천년이 지난 지금도 바위처럼 튼튼하고, 평평한 보통 다리와는 달리 마치 언덕처럼 굴곡이 있는 것이 특징이다.

이 다리에는 2차대전의 일화도 얽혀 있다.

2차대전 종전 무렵 독일군은 바로 코앞에까지 연합군이 밀려오는 위기를 맞게 되자 한 병사에게 '다음 날 상오 5시에 다리를 폭파하라'는 명령을 남기고 후퇴한다.

한밤중에 임무를 부여받은 군인의 귀에 무슨 소리가 들려 거리에 나가보니 루시아라는 여인이 있었다. 루시아는 그 군인에게 '당신을 짝사랑했었다'고 유혹하면서 포도주와 파스타를 권했다. 미소를 흘리며 루시아가 자꾸만 포도주잔을 가득 채워 주자 그 군인은 자신의 임무도 까맣게 잊고 포도주잔을 들었다.

그러는 사이 연합군이 다리를 건너 마을로 진격했다. 이 바람에 다리는 무사하게 됐다.

죽음을 부르는 의자

걸터앉기만 하면 어김없이 죽음을 부르는 저주받은 의자!

여름의 무더위를 식히기에는 딱 어울리는 이야깃거리가 영국 서스크지방 박물관의 소장품 〈죽음의 의자〉라는 것이 미국의 대중지 『내셔널 인콰이어러』의 주장이다.

오래 전에 만들어져 낡을 대로 낡은 이 의자는 원래 영국의 작은 마을인 서스크의 한 여인숙에 대물림해 내려오던 것이었다. 그러나 "앉기만 하면 사람이 죽어 넘어져 더 이상 희생을 막기 위해 박물관으로 옮겼다"는 것이 박물관 큐레이터 쿠퍼 하딩 씨의 말이다.

이 의자에 처음부터 죽음의 신이 붙은 건 아니었다. 300년 전 흉악무도한 살인가 토머스 버스비가 살아 생전의 마지막 술잔을 이 의자에 앉아 들이킨 다음 죽음을 부르는 의자가 됐다. 교수형장으로 끌려가던 버스비는 세상을 향해 원망을 퍼부으며 "내가 마지막으로 앉았던 의자에 앉는 자는 누구를 막론하고 죽음을 면치 못할 것"이라고 저주했다.

이 같은 사실이 알려진 뒤, 특히 지난 66년 이후 호기심 많은 이들이 장난삼아 이 의자에 앉았고 정말로 어떤 식으로든지 죽음을 맞게 됐다. 그러자 이 여인숙의 가장 최근 주인 앤터니 언쇼 씨는 〈버스비 의자〉라고 이름을 짓고는 선술집의 한쪽 구석에 치워 놨다.

그럼에도 불구하고 수많은 희생자를 냈는데 그 중에는 공군 조종사 2명과 부사관 1명도 끼어 있었다. 지난 67년 술집 한편에 놓여있던 의자를 보고 호기심이 발동한 조종사들은 잠시 걸터앉았다가 귀대했는데 그 길로 자동차가 길가의 나무를 들이받는 바람에 현장에서 즉사했다. 또 부사관은 의자에 앉았던 3일 후에 투신자살했다.

73년엔 17살 난 벽돌공이 의자에 앉아 본 지 2시간 후 작업현장의 기계에서 떨어져 죽었고 지난 79년에는 일을 하다가 말고 여인숙 뒷마당의 의자에 주저앉아 잠시 휴식을 취했던 청소부 아줌마가 몇 주 후 뇌암으로 사망했다. 이 아줌마는 저주받은 의자인지 모르고 앉았다가 횡액을 당한 것이다. 또 84년엔 옆 건물의 지붕을 고치던 인부가 '정말 죽음의 의자인지 시험해 봐야겠다'며 앉았다가 몇 십분 후 지붕이 무너져 내리는 바람에 목숨을 잃고 말았다.

이처럼 죽음이 꼬리를 물자 언쇼 씨는 그것을 창고에 치워놨는데 얼마 후 양조장의 배달직원이 이 소문을 듣고는 자기가 한 번 앉아 보겠다고 객기를 부렸는데 몇 시간 후 자동차사고로 절명하자 더욱 두려움에 떨게 됐다.

결국 지방박물관을 찾은 언쇼 씨는 도움을 요청했고 서스크 박물관에서 흔쾌히 받아들인 것이다.

큐레이터 하딩 씨는 "의자 주변에 1.5미터짜리 울타리를 쳐놓고 누구도 접근하지 못 하도록 했으니 다시는 누구도 이 의자에 앉아 허무한 죽음을 맞는 일은 없을 것"이라고 밝혔다.

웃는 해바라기

"저게 뭐지?"

침실의 창가에 있는 화단에서 30센티쯤의 줄기가 자라고 있는 것을 본 미조구치가 신부인 사치코에게 물었다.

"아, 그거요? 해바라기의 싹이에요. 제가 아직 말씀드리지 않았나요?"

아침 햇살이 눈부셨다.

사치코가 얇은 잠옷 바람으로 창가에 얼굴을 내밀었다. 신선한 신부의 체취가 미조구치의 후각을 자극했다.

"하필이면 왜 해바라기를?"

"얼마 전에 화단을 손보고 있었는데 갑자기 인기척이 느껴지기에 깜짝 놀랐어요."

"그래서……?"

"돌아다보니 어디선가 나타난 파란 동그라미 무늬의 옷을 입은 여자가 서 있었는데 '화단을 만드시려면 이 해바라기씨를 심어 보세요. 참 아름다운 꽃이 필 거예요.'라고 하면서 씨를 하나 주는 거예요."

"근처에 사는 아주머니였나 보지?"

"잘 모르는 여자였어요. 그런데 그것을 심었더니 다음 날부터 싹이 돋아 이렇게 잘 자라고 있어요."

미조구치는 파란 동그라미 무늬의 옷이라는 말을 듣고 잠깐 어두운 표정을 지었으나 그 이상은 개의치 않았다.

달콤한 신혼의 아침, 멋있는 마이 홈……

만족한 생활의 기쁨을 생각하니, 어두운 과거의 기억같은 것은 미조구치에 있어서 마치 꿈속에서의 일처럼 희미해지며 몽롱하게 느껴졌던 것이다.

두 사람의 눈이 마주쳤다.

"싫어요. 이런 창가에서……."

사치코가 소리를 내기가 무섭게 미조구치는 그녀를 끌어안았다가 침대 위에 내 던졌다.

사치코의 웃음소리가 거친 신음 소리로 바뀌었을 때, 해바라기 줄기는 몸부림이라도 치듯이 몹시 흔들거렸다. 어디에서도 바람은 불고 있지 않았는데도……

해바라기는 날마다 줄기가 자랐으며 드디어 황금색의 꽃을 가지게 되었다.

6월의 어느 비 오는 날 한밤중에 미조구치는 침대 위에서 잠을 깨었다.

방 안은 무더웠는데 이상하게도 어디선가 소름이 끼칠 듯한 냉기가 스며들고 있었다. 옆에서는 사치코가 아름다운 얼굴을 이불 밖으로 반만 내놓고 가벼운 숨을 쉬고 있었다.

미조구치는 머리맡에 있는 탁상시계를 보았다.

바늘은 12시를 조금 지나고 있었고 날짜는 10일에서 11일로 넘어가고 있었다.

6월 11일.

미조구치는 갑자기 등골이 오싹해지는 것을 느꼈다.

'몹쓸 일이 생각나고 있었군. 가오리가 죽은 것이 바로 지난해의 6월 11일이었는데……'

미조구치의 마음 속에 가오리와의 과거가 스며들어 왔다.

미조구치가 사치코와 결혼하겠다고 말했을 때 가오리는,

"네, 그래요?"

하고 제대로 들리지 않는 작은 목소리로 속삭였을 뿐이었다. 눈은 멍하니 먼 곳을 보고 있었는데 그녀는 살며시 종잇장처럼 힘없이 미조구치의 앞에서 사라져 갔다.

가오리는 그 날 중으로 죽어버린 것이다.

동네 한쪽에 있는 큰 소나무에 매달린 파란 동그라미 무늬의 원피스가 흔들거렸고, 몇 포기의 해바라기가 쓸쓸한 죽음으로의 여행을 전송하고 있었다.

사치코에 비하면 가오리는 용모가 몹시 뒤졌고 집도 가난했다.

미조구치로서는 한때 가오리와의 결혼을 약속했었지만, 그것은 아직 사치코를 알기 전의 이이었고 현실적으로 사치코와 사귀게 되고 사치코에게 사랑을 받게 되고 보니 가오리에게 미련을 가질 겨를이 없게 되고 말았다.

"인생은 단 한 번 뿐이야. 이런 행운을 놓칠 수는 없지!"

모든 조건에서 열세인 가오리가 잠자코 양보하는 것은 당연한 일이라고 생각했던 것이다. 그리고 예상했던 것처럼 그녀는 아무 말도 하지 않았다. 뿐만 아니라, 천만다행으로 자살까지 해 줄 줄이야!

과거는 침묵 속에 가라앉고, 보라빛 인생이 찾아왔다.

3개월 후에 미조구치와 사치코는 화려한 결혼식을 올렸는데 허니문을 해외에서 보내고 돌아오니 사치코의 아버지가 귀여운 딸을 위해 마련해 준 스위트홈이 기다리고 있었던 것이다. 모든 것이 순조로웠다.

　정신을 차려 보니 사치코가 이불 속에서 눈을 뜨고 있었다.

"왜 그래?"

"어쩐지 더운 것도 같고 추운 것도 같고 이상한 밤이네요."

"응?"

"저, 어쩐지…"

"어쩐지 뭐가 어떻단 말이야?"

"이상한 기분이 들어요……. 무서워요."

"나쁜 꿈이라도 꾸었나 보지?"

　미조구치가 끌어안자 사치코의 알몸은 그의 가슴 속으로 파고들어왔다.

"쓰-악!"

　창밖에서 무슨 소리가 난 것 같았다.

"오늘은 이상해요., 공기가 습기가 많고 기분 나쁜 냄새도 나고."

　사치코는 중얼거리면서 일어나더니 창문 앞까지 걸어갔다.

"드르륵."

　창문을 연 순간 사치코는

"으악!"

하고 비명을 질렀다.

　해바라기가 '쓰윽'하고 방 안으로 목을 들여놓았기 때문이었다.

　황금색의 꽃은 점점 가오리의 얼굴로 변했는데, 반쯤 썩은 시

커먼 얼굴이 가는 눈을 떴다.

사치코는 그만 그 자리에 쓰러지고 말았다.

미조구치는 머리맡에 놓여진 탁상시계를 잡아 해바라기를 향해 힘껏 내던졌다.

"퍼석⋯⋯"

기분 나쁜 냄새를 풍기면서 꽃이 허물어졌다. 동시에 검은 수액(樹液)이 사치코의 얼굴과 몸에 튀어 번져졌다.

사치코의 전신에 튀어 번진 수액은 이상하게도 그대로 반점이 되어 닦아도 닦아도 지워지지 않았다.

뿐만 아니라 반점은 부스럼으로 변하여 그녀의 얼굴과 온몸은 해바라기의 씨를 뿌린 것처럼 부스럼으로 꽉 차게 되었다.

결국 사치코도 어느 날 밤 신들린 사람처럼 마을 한 쪽에 있는 공원의 큰 소나무에 목을 매고 말았다.

시들어가는 해바라기가 비웃듯이 깔깔 웃는 것 같은 모습으로 그녀의 시신을 올려다보며 흔들거리고 있었다.

검은 가발이 불러 온 죽음

제인은 멋지게 생긴 그 검은 가발이 너무나 마음에 들었다. 그
것은 마치 마리 앙트와네트의 가발처럼 멋졌다.

250달러나 되는 비싼 값이었지만, 제인은 크게 마음먹고 사기
로 했다.

그 가발을 쓰고 파티에 참석한 제인은 홀 안에 있는 뭇 여성들
의 시선이 일제히 자신에게 쏠리는 것을 느꼈다. 제인은 우쭐해
졌다. 하지만 마음 속에는 무엇 때문인지 서글픈 느낌이 들었다.
이유도 없이 우울해졌다.

제인은 그로부터 한 달간의 여름휴가를 해변의 피서지에서 보
냈다. 햇볕과 바닷물 때문에 머리가 엉망이 되었지만, 집에서 그
멋진 가발이 기다리고 있다고 생각하니 그다지 걱정이 안 되었다.

그런데, 막상 집으로 돌아와서 가발을 썼을 때, 어쩐지 기분이
나쁘다는 느낌이 들었다. 가발의 머리카락이 너무 많아서 얼굴이
작게 보이는 것도 마음에 들지 않았다.

하지만 그녀는 크게 마음에 두지 않고, 가발을 손질하여 잘 보
관해 두었다.

그로부터 일주일이 지난 어느 날 늦은 밤이었다. 제인은 거울
앞에 앉아서 가발을 써 보고 있었는데 거울에 비친 그녀의 흰 얼

굴은 검은 가발의 무성한 머리숱 때문에 전 보다도 더 작게 보였
다.

이제는 의심할 여지가 없었다. 그것은 틀림없는 이변이었다. 가
발의 머리카락이 자라고 있었던 것이다.

제인은 자기가 미쳐가고 있는 것이라고 생각했다. 그녀는 감당
못 할 공포에 질린 나머지, 가위를 집어 들고는 가발의 머리카락
을 싹둑싹둑 잘랐다. 그리고는 떨어진 머리카락을 주워 모아서
불에 태웠다. 가발은 보기 흉하게 멋대로 잘려져서, 머리에 쓸 수
없게 되었다. 제인은 가발 상자를 선반에 올려두고는, 침대에 쓰
러져 원인 모를 슬픔에 빠져 울면서 몸부림쳤다.

그로부터 2개월이 지났다. 그 동안 그녀는 단 한 번도 가발을
보지 않았다. 몇 번인가 손이 상자 쪽으로 뻗치려는 것을 애써서
참았다.

2개월 정도가 다시 지난 어느 날, 제인은 더 이상 참지 못하고
가발을 꺼내 보았다. 가발의 머리카락은 5센티미터 정도 자라나
있었지만, 그것을 보아도 이제는 충격을 받지 않았다. 오히려 안
도감 비슷한 것을 느꼈다. 그것을 써 보았더니 자라난 머리카락
의 끝은 허리보다 훨씬 아래까지 내려왔다.

제인은 그대로 밖으로 뛰쳐나가, 한밤중이 지날 때까지 거리에
서 방황했다. 그녀는 자신이 어디로 가려 하는지 알지 못했다. 오
직 무언가를 찾아 헤매고 있는 것 같다는 느낌만 들었다.

그로부터 매일 밤, 그녀는 계속해서 자라나는 가발을 쓰고는
집에서 빠져나가, 거리를 지나고 다리를 건너 강가의 둑 언저리
까지 가서 헤매고 다녔다. 흐트러진 긴 검은 머리카락은 그녀의
어깨와 등에 늘어졌고, 얼굴의 반은 머리카락으로 가리워져 있었

다.

그런데, 비가 내리던 어느 날 새벽에 제인의 시체가 강가에서 발견되었다. 시체의 얼굴에는 그녀 자신의 무성하고 긴 머리카락이 해초처럼 착 달라붙어 있었다.

그런데 그 날 낮이었다. 개구리를 잡으러 나섰던 한 아이가 강둑아래의 바위에 걸려 있는 가발을 발견했다. 그 가발의 긴 머리카락은 마치 바다 쪽으로 가려는 것처럼 물 속에서 하류쪽으로 흔들리고 있었다.

그로부터 며칠 후였다. 무슈 마르마듀크의 상점에서 주인이 어떤 여자 손님에게 이렇게 말하고 있었다.

"이전에는 시실리에서 아름다운 가발을 사들였지만, 이제는 그 상인에게서는 구입하지 않기로 했습니다. 그가 어느 여자의 이야기를 해주었기 때문이지요. 부잣집 노인과 결혼한 젊은 신부의 이야기였습니다. 어느 날 노인은 아내가 젊은 정부와 함께 있는 것을 발견하자, 칼로 그 젊은이를 찔러 죽이고 시체를 보트에 싣고 나가 바다에 내던졌다고 합니다. 그리고 아내의 길고 아름다운 검은 머리카락을 싹둑 잘라 버렸던 것입니다. 슬픔에 젖은 나머지 마음이 상한 신부는 연인을 찾아 바다에 뛰어들어 익사하고 말았습니다. 나중에 장의사를 통해 그 여자의 머리카락을 손에 넣은 시실리의 상인은 계속 자라는 그 머리카락을 잘라서 팔고 있었던 것입니다."

불타는 유령선

캐나다 동부에 위치한 노선바랜드 해협에는 이따금 불길에 싸인 유령선이 나타나 사람들을 놀라게 만들곤 했다

유령선이 처음으로 나타난 것은 1880년 노바스코시아 주의 픽토 앞바다에서였다. 어느 맑은 날 오후, 아담 그래함 선장을 비롯한 선원들은 바다를 항해하고 있었다. 그런데 선원 하나가 갑자기 바다를 가리키며 소리쳤다.

"선장님! 저쪽을 좀 보세요.. 배가 불타고 있어요."

"아니! 저런 어쩌다가. 빨리 구조 보트를 바다에 띄우게."

수평선 저편에 붉은 불길에 싸인 배가 나타난 것이다. 그래함 선장은 선원들과 함께 구조 보트를 저어 현장으로 달려갔다. 그런데 너무나 황당한 일이 벌어지고 말았다.

"아니! 이게 어떻게 된 일이지? 배가 갑자기 없어졌어."

"이상한 일도 다 있군. 분명히 조금 전까지 여기 있던 배가 어디로 간 걸까요?"

구조하러 갔던 사람들은 모두 자신의 눈을 의심하며, 멍하니 입을 벌린 채 웅얼거렸다. 배가 완전히 불타서 바다 속으로 가라앉은 것도 아니었다. 그저 연기처럼 사라져 버린 것이다.

1965년 11월 26일, 픽토 군 케이프 타운에 살고 있는 엘렌 랭

그리 부인은 주방에서 저녁 식사 준비를 하고 있었다. 창문을 통해 무의식적으로 바다를 바라보던 그녀의 입에서 '앗'하고 놀라는 소리가 흘러 나왔다. 멀리 보이는 어두운 바다에서 웬 배가 무서운 불길에 휩싸여 타고 있는 것이 아닌가! 불길에 휩싸인 배는 천천히 그녀의 집을 향해 돌진해 오고 있었다. 너무나 놀란 그녀는 불, 불이야!'하고 소리를 지르며 밖으로 뛰쳐나왔다.

비명 소리를 듣고 밖으로 나온 사람들 옆 놀란 눈으로 불길에 휩싸여 기우뚱거리는 배를 보면서 중얼거렸다.

"아니, 저걸 좀 보세요. 불길이 저렇게 세찬데도 돛대나 돛은 멀쩡하잖아요."

"글쎄 말이야. 옛날에도 이런 일이 있었다지. 아마?"

"혹시 유령선이 아닐까요! 배가 불에 타는 것처럼 보일 뿐 실제로는 아무 것도 아닌 신기루 같은 거 말이에요"

"설마 그럴 리가 있을라구."

배는 잠시 후 사람들이 지켜보는 가운데 꺼지는 것처럼 사라졌다. 바닷가에서 배를 바라보고 있던 사람들은 믿을 수 없는 사실 앞에서 너무 놀라 아무 말도 하지 못했다.

일은 여기서 끝난 게 아니었다. 이틀 후인 28일 밤에도 또 이 괴이한 배가 나타났다. 케이프 타운 사람들은 물론 6킬로미터 정도 떨어져 있는 도시 리버진의 시민들도 유령선에 대한 소문을 듣고 호기심 어린 얼굴로 몰려들었다.

"어! 정말이네."

"구해 달라고 외치는 사람들도 없어요."

소문 그대로 붉은 불길에 쌓인 배가 그들의 눈앞에서 천천히 움직이고 있었다. 그런데 맹렬한 기세로 타오르던 배는 마치 대

기 속으로 녹아들듯이 사라져 버리고 바다는 다시 칠흑 같은 어둠에 잠기고 말았다

픽토에서 거주하는 유명한 향토 사학자이자 유령선 연구가인 로널드 셔우드 박사는 이 유령선은 보통 유령선들과는 달리 일정한 지역에만 나타난다는 점을 지적하였다. 그는 이 유령선은 노바선랜드 해협을 중심으로 160킬로미터 떨어진 시피간 섬과 200킬로미터 떨어진 차리어 만, 서남쪽으로 200킬로미터 떨어진 마혼 만 등에 주로 나타났는데, 그 중에서도 노바선랜드 해협에 주로 나타난다고 밝혔다.

그렇다면 일반적인 상식으로는 도저히 이해할 수 없는 '불타는 유령선'의 출몰현상은 어떻게 이해해야 하는 것일까?

미국 펜실베이니아 주 해리스버그의 인체 발화 현상 연구자 렐리 아놀드는 이 같은 현상은 4차원 공간에서 투영된 '홀로그램' 때문이라는 가설을 내놓았다. '홀로그램'이란 레이저 빛을 이용하여 공간에 3차원의 입체상을 만들어 내는 과학 기술을 말한다.

그는 또한 '불타는 유령선'이 많이 나타나는 곳은 모두가 자기(磁氣) 이상 지대인데, 자기가 우주 공간을 비롯한 모든 물체에 어떤 영향력을 끼치는 지에 대한 숨겨진 비밀이 밝혀진다면, 이 수수께끼도 풀릴 것이라고 이 현상을 과학적으로 설명하였다.

하지만 많은 목격자들은 아직까지도 '불타는 유령선' 사건의 배경에는 우리가 알지 못한 신비한 비밀이 숨겨져 있을 것이라고 믿고 있다.

그림 속의 살인범

19세기 말, 러시아의 페테스부르그에서 14세 소녀가 잔혹하게 살해된 사건이 발생했다.

신문에서 이 사건에 대해서 읽고 분노한 화가 프예는 충동적으로 비극적인 내용을 표현한 그림을 그렸다. 그 그림은 목이 졸려 죽은 소녀가 사지를 뻗은 채, 바닥에 쓰러져 있는 모습이 그대로 재현되어 있었다. 그리고 음침한 배경에는 도망치는 살인범의 모습이 상상으로 그려져 있었다.

오른손으로 문을 열면서, 머리를 돌려 피해자를 바라보는 모습이었다. 살인범은 아주 혐오감을 주는 모습으로 그려져 있었는데 곱사등에 쭉 찢어진 입술, 그리고 살의가 번뜩이는 눈은 보는 이에게 섬쩍지근한 느낌을 주었다.

그로부터 6개월이 지난 어느 날이었다. 페테스부르그 시 정부 청사에서 미술 전람회가 열렸는데, 프예는 살인 장면을 그렸던 그림을 출품했다.

"앗!"

어느 날 그림을 관람하던 한 사람이 외마디 비명을 지르며 땅에 쓰러지더니 부들부들 떨었다. 그를 부축해서 일으키던 사람들은 뒤늦게 그가 그림에 그려진 살인범과 너무나 비슷하게 생겼다고 생각하며 놀라움을 금치 못했다. 경찰이 집요하게 심문한 결과 그 자는 바로 소녀를 죽인 살인범이었다는 것이 밝혀졌다.

그나저나 프예는 어떻게 살인범의 모습을 그처럼 똑같이 그릴 수 있었을까?

살인범은 매우 추악하게 생겼을 것이라고 생각했던 프예는, 한 식당에서 마침 적당한 인물을 찾아내게 되어, 그 사람의 모습을 그대로 그린 것이었다. 그 사람과 살인범의 모습이 우연히도 일치하였기에 프예는 장본인이 착각할 정도로 똑같은 모습을 그릴 수 있었던 것이다.

3.
흔하지 않은 이야기들 ❶

고추가 달린 고목

'고추나무를 아십니까.'

조계종 수덕사의 말사인 흥주사(주지 강민 스님·충남 태안군 태안읍 상옥리)에 때 아닌 젊은 부부들의 발걸음이 잦아지고 있다. 이들은 결혼 수 년 째는 맞고 있지만 특별한 이유 없이 임신이 안 되는 부부들이다. 이들이 병원을 전전하다 흥주사로 발걸음을 돌린 까닭은 무엇일까. 흥주사에는 천년 고찰(古刹)과 함께 한 은행나무가 있다. 이 은행나무의 둘레는 성인3~4명의 아름으로도 부족할 정도로 크다. 천년의 세월 속에서도 그 늠름함과 위용을 잃지 않았다. 특히 은행잎이 무성한 여름이면 절의 도량을 뒤덮을 정도로 녹음이 짙어 신도들은 하늘을 뒤덮고 있는 '신령스러운 존재'로 생각하기도 한다.

그러나 이런 유의 나무는 고찰의 경우 한두 그루 있기 마련이다. 그러나 흥주사의 은행나무가 다른 고찰과 차별화 되고 있는 까닭은 다름 아닌 나무에 고추(?)가 자라고 있다는 사실이다.

건장한 성인의 성기보다 수 배 가량 더 큰 이 고추는 지금 이 시간에도 성장을 거듭하고 있다.

흥주사에서 공양주 생활 7년째를 맞고 있는 무애신 보살(여·50)은 "현재 크기는 아무도 모른다. 워낙 큰 나무의 곁가지에 고

추가 열렸기 때문에 나무 보호차원에서 올라갈 수도 없다"고 말했다.

이 은행나무에 고추가 자라고 있다고 알려진 것은 3년 전이다. 홍주사에 불공드리러 온 한 신도가 우연히 발견했다. 이때부터 입소문이 퍼져 불임부부들의 발걸음이 잦아졌다. 요즘에는 관광버스를 이용해 경주·대구·광주 심지어 제주도에서도 홍주사를 찾아온다.

무애신 보살은 "불임부부가 은행나무의 고추를 보며 기도해 임신이 성공한 사례가 많다"며 "충남 천안시에 사는 최원창(40)·김민아(39)씨 부부는 지난해 백일기도한 결과 현재 세 쌍둥이를 임신했다"고 밝혔다. 이후 이런 소문은 급속도로 확산돼 현재 홍주사에는 임신을 하지 못한 부부들이 백일 정성을 들이기 위해 전국에서 찾아오고 있다.

무애신 보살은 "주지스님이 장기 출타 중이어서 이 나무에 대한 내력과 고추에 대한 영험을 소상히 설명할 수는 없지만 이 은행나무의 고추에는 인간이 설명할 수 없는 '무언의 힘'이 있을 것으로 믿는다"고 말했다.

천년 고찰 홍주사 앞 마당에 우람하게 서 있는 은행나무의 남근(점선 부분). 이 남근은 현재도 계속 성장, 불임부부로들로부터 사랑을 받고 있다.

-『굿데이』에서 발췌 -

묏자리 싸움

　지난 2003년 1월 8일 충북 보은경찰서에서 흔치 않은 풍경이 연출됐다. 전체 직원 6명에 불과한 형사계 사무실에 관할 교사리 주민 11명이 무더기로 연행된 것이다. 시각은 초저녁에 불과했지만 '피의자'들은 이미 술에 취해 인사불성 상태였다.

　나이 지긋한 마을 어르신들을 피의자로 마주한 경찰은 난감했다. 여기저기서 술 취한 주민들의 고함이 터져 나왔고 횡설수설이 난무했다. 조사는 도저히 불가능한 상황이었다. 경찰에서는 주민들을 일단 귀가조치 시킬 수밖에 없었다.

　술 취한 11명의 교사리 주민들의 경찰서까지 끌려오게 된 까닭은 과연 무엇일까. 이 날 마을에서는 대체 어떤 일이 벌어진 것일까.

　이에 앞선 오후 5시, 경찰은 다급한 목소리의 신고를 받았다. 마을 주민들이 태봉산 줄기에 위치한 모친의 묘지를 함부로 파헤쳤다는 내용의 신고였다.

　현장으로 출동한 경찰은 이내 눈살을 찌푸리고 말았다. 야트막한 산 4부 능선쯤에 위치한 묘지는 이미 휑하게 도려내어져 원래 모습을 잃고 난 뒤였다. 훼손된　묏자리 여기저기에는 고춧가루와 소금이 뿌려져 있었고 분뇨의 악취가 진동했다.

코를 감싸 쥐고 그 아래 30미터 지점에 위치한 신고자의 집에 도착했을 때, 경찰은 다시 한 번 놀랄 수밖에 없었다. 이 집 뒤뜰에 망자의 유골이 그대로 방치돼 있었던 것이다. 두개골 아랫부분은 으깨져 있기도 했다.

경찰은 이튿날부터 피해자 이종표 씨(가명·63)와 이 마을 이장 박양운 씨(가명·69)를 비롯, 주민 11명을 차례로 소환해 조사했다. 조사과정에서 드러난 사연은 이랬다.

마을 사람들에 따르면 교사리, 정확히는 약 50가구가 모여 사는 교사 1구에서는 지난 한 해 동안 흉사가 잇따랐다고 한다. 가장 먼저 김두표 씨(가명·71)가 지난 1월 사망했다. 사인은 숙환. 두 달 뒤 그의 부인(69)이 갑작스레 세상을 뜨고, 또 이 부부의 아들(53)은 밭을 갈다가 쓰러져 뇌수술을 받았다. 이상한 일은 끊이지 않았다. 여름에는 이몽양 씨(가명·78)가 숨지고, 이 날 이씨의 초상집에 들어서던 사홍민 씨(가명·61)가 갑자기 쓰러져 119 구급차를 불렀지만 병원에 도착하기도 전에 사망했다. 이른 바 급살이었다. 지난 11월에는 김면우 씨(가명·66)의 손녀(6)가 원인 모를 병으로 숨졌다. 정초부터 벌써 9명 째였다.

이쯤 되자 주민들이 동요하기 시작했다. 노인회관에서는 두세 명만 모여도 대책회의를 열기 바빴다. "굿이라도 벌여야 하는 것 아니냐"는 이야기가 오고 갔다. 이때 또 다른 누군가가 조심스레 입을 열었다.

"아무래도 누군가 또 '그 곳'에 묘를 쓴 것 같다."

순간 모여든 사람들은 숨이 멎을 것 같은 충격을 받았다. 21년 전의 악몽이 떠올랐기 때문이었다. 지난 82년, 마을을 굽어보고 있는 태봉산 줄기에 마을주민 이종표 씨가 선친의 묘를 조성했다. 공교롭게도 그 뒤로 1년 동안 7명의 마을 주민이 숨을 거뒀다고 한다. 불안해진 마을 사람들은 지관을 불러 도움을 청하기에 이르렀다.

경찰 관계자에 따르면 당시 지관은 이 씨 선친의 무덤 자리가 '급살터'라고 결론 내렸다. 반면 이 씨는 그 자리가 '당대 발복'을 불러오는 명당이라 고집했다고 한다. 하지만 마을 사람들의 항의를 견디다 못한 그는 결국 지난 90년 묘소를 다른 곳으로 이장해야 했다.

이런 가운에 지나 11월 또 한 사람이 세상을 떠났다. 여름께 집을 나서다 돌연 쓰러져 식물인간 상태에 빠져 있던 조민구 씨(가명·60세)였다. 이상한 것은 숨지기 직전 잠시 의식을 회복한 그가 남긴 말. 한 주민은 당시 조씨가 "태봉산에 있는 그 묘를 없애달라"는 말을 유언처럼 남겼다고 한다.

이 씨를 추궁한 결과 마을 사람들은 그가 지난 2001년 9월 어머니 묘지를 그리 몰래 이장했다는 사실을 알아냈다. 이 때부터 마을 사람들과 이 씨의 힘겨루기가 시작했다. 마을에서는 "당장 이장하라"며 이 씨를 닦달했고 이 씨는 이를 차일피일 미뤘다.

사건이 터진 지난 8일, 마침 교사리 대동계를 위해 50여 명의 주민들이 마을 회관에 모였다. 화제는 자연스레 묘지 이장 문제로 흘렀다. 여기에 막걸리까지 몇 순배 돌자 감정이 격해진 주민 11명을 태봉산으로 몰려갔다.

'명당일리도 없겠지만 명당이라면 그 생명력을 없애겠다'는 생각으로 고춧가루와 소금, 가축의 분뇨도 잔뜩 준비했다. 이 씨가 어렵게 조성한 모친의 묘는 이렇게 없어졌다.

정작 문제는 주민들이 시신을 제대로 수습하지도 않고 이 씨 집 뒤뜰에 그대로 뿌려 놓은 것. 이 씨는 그 날 곧바로 경찰을 찾아 주민 11명을 고소하기에 이르렀다. 결국 '명당묘지'를 둘러싼 주민들과 이 씨의 21년간의 싸움은 법정에 가서야 시시비비가 가려질 전망. 이 씨는 지난 17일 "어머니 두개골까지 으깨진 마당에 마을 사람들과 화해할 생각은 없다"고 자라 말했다. 그 곳에 묘지를 쓴 이유는 "명당이라 그 곳에 어머니를 모신 것이 아니라 원래 있던 묘지 근처에 도로가 생기면서 모양이 좋지 않았기 때문"이라고 해명했다.

보은경찰서 이유식 방범수사과장은 "남의 무덤을 함부로 파헤친 마을 주민들도 문제지만 과거에 그 일로 인해 마을과 불화를 겪었으면서도 똑같은 곳에 묘를 쓴 이 씨 역시 잘못"이라며 고개를 가로저었다.

– 『일요신문』에서 발췌 –

풍수가 모종수 씨 '문제의 땅' 진단

일요신문의 최성진 기자와 함께 사건 현장을 찾은 풍수연구가 모종수 교수(경문대 건축공학과)는 탐사봉을 들고 테스트를 해본 결과 "절대 명당이라 할 수 없다"고 단정했다. 모 교수는 "묘지 북쪽에서 남쪽으로는 폭 60센티미터 가량의 강한 수맥이 흐르고 있으며 곤방(남서쪽)에서 간방(북동쪽)으로는 살기가 흐르고 있는 흉지"라고 말했다.

흉한 묘지를 중심으로 반경 1백미터 이내에는 마을이 들어서면 안 된다는 게 모 교수의 지론이다. 흉한 묘의 나쁜

파동이 마을에 충분히 미칠 수 있다는 얘기이다.

우연의 일치인지 몰라도 교사리 마을과 묘지 사이의 거리는 30여미터에 불과했다.

모 교수는 또 태봉산의 형세로 보아도 문제의 자리는 묘지를 조성할 곳이 못 된다고 주장했다. 그는 "산의 산세를 보면 임신한 여자가 두 다리를 벌리고 누워 있는 '옥녀회임'형으로 볼 수 있다"며 "특히 문제의 지점은 자궁에 해당하는 곳인데, 자궁 자리 4부 능선 이상은 통상 흉지로 통한다"고 설명했다. 만약 4부 능선 이상에 묘를 쓰게 되면 자궁에 손상을 가져오기 때문에 액운을 불러올 수 있다는 것이다.

모 교수는 "태봉산의 산세를 봉황새 형국으로 볼 수도 있지만 전체적으로 한일자(一) 모양을 하는 전형적인 봉황새 형국과 달리 이 산은 정상이 둥근 모양을 하고 있기 때문에 '옥녀회임형'으로 보는 것이 맞다"고 덧붙였다.

문제의 묘지터가 명당이 아닌 흉지라는 모 교수의 이론을 떠나서라도 결국 묘지를 둘러싸고 평화로운 시골 마을에 커다란 분란이 생긴 만큼 명당이 아닌 것은 분명하지 않을까.

이상한 미스터리

'최면수사가 범인을 잡았다?'

지난 2002년 12월 초등학교 2학년 여아가 납치된 뒤 살해당해 많은 사람들에게 충격을 던져줬다. 같은 달 19일 아이의 큰아버지가 유력한 사인 피의자로 검거된 뒤, 이번에는 사건의 해결에 최면수사가 활용된 사실이 드러나면서 이 사건은 다시 한번 화제가 됐다.

실제로 경찰은 목격자의 희미한 기억을 최면수사를 통해 되살려 피의자의 주요 신체특징을 정확히 파악해냈다. 그로부터 5일 뒤 피의자는 경찰에서 범행 일체에 대해 자백하기에 이르렀다. '동생에 대한 미움이 결국 조카를 살해하게 만들었다'는 것이 그가 고백한 범행동기이다.

그럼에도 불구하고 물음표는 여전히 남는다. 범행 일체를 자백한 피의자가 정작 목격자가 그를 봤다고 주장하는 장소에 간 일이 없다며 한사코 부인하고 있기 때문이다.

범행을 시인한 마당에 그런 거짓말을 할 이유가 없다는 점에서 피의자의 주장을 배척하기도 어렵다. 또한 사건과 아무 이해관계도 없는 목격자가 보지도 않은 사실을 보았다고 주장할 이유가 없다는 점에서 목격자 진술을 의심할 수도 없는 상황이다.

만약 '그 장소에 간 적이 없다'는 피의자의 주장이 사실이라면 과연 목격자는 무엇을 보고 피의자의 인상착의를 떠올린 걸까. 혹시 억울하게 죽은 아이의 영혼이 목격자를 움직인 건 아닐까. 경찰 역시 "미스터리라는 말 이외에는 달리 설명할 방법이 없다"며 고개를 젓고 있다

지난 12월 11일 부산에 사는 이종미 씨(가명·여·48)는 차를 몰아 경남 김해로 향하고 있었다. 부산 을숙도 인근 강변로를 지날 무렵 이 씨는 무심코 창 밖으로 시선을 옮겼다. 천천히 시선을 옮긴 이 씨의 시야에 낯익은 얼굴이 포착됐다.

거래처 이 사장의 딸 민지(가명·9)양이었다. 속으로 '아이고, 이 사장 딸 아닌가'라며 반가워하던 이 씨. 동시에 민지 양의 손을 누군가 다른 사람이 끌고 가는 모습도 그녀의 눈에 띄었다. 그 사람 옆에는 또 다른 남자 한 명이 있었다.

낯선 사내가 민지 양을 차에 태우는 모습에 고개를 갸웃거리기도 했지만 이 씨는 곧 그 일을 까맣게 잊고 지냈다. 그로부터 사흘 뒤, 이 씨는 다른 일로 경찰서를 찾았다. 자신이 소유하고 있던 지게차의 운전사가 인명사고를 낸 탓이었다.

사고 처리를 위해 부산 사하 경찰서에 들른 그녀는 경찰서 게시판에 붙어 있던 한 아이의 모습을 보고 깜짝 놀랐다. 수배전단에 실린 유괴된 아이의 모습은 분명 이 사장의 딸 민지 양이었다. 경찰에서 어렵사리 기억을 되살리던 이 씨는 정작 중요한 '낯선 남자'의 얼굴만은 기억해내지 못했다.

이에 경찰은 용의자의 몽타주 제작을 위해 최면술사 최아무개 씨(55)를 불러 이 씨에게 최면을 걸었다. 용의자 얼굴의 특징을 이 씨로부터 얻어내기 위해서였다. 이 과정에서 이 씨는 다행히

한쪽 귀가 조금 일그러진 피의자의 신체적 특징을 정확히 기억해 냈다.

경찰 용의선상에 올라와 있던 민지 양의 큰아버지 이홍택 씨(가명·39)의 특징과 정확히 일치했다. 최면술사를 통해 수사망을 좁힌 경찰은 지난 2002년 12월 19일 이 씨를 검거할 수 있었다. 경찰이 파악한 사건의 전모는 이랬다.

피의자 이 씨는 어린 시절부터 동생(36)과의 사이가 좋지 않았다. 언어장애 탓인지 아버지의 관심이 자신에게서는 멀어진 것으로 느껴지기만 했다. 형제간의 갈등은 지난 97년 아버지가 운영하던 전기부품 회사가 동생에게 상속되자 극에 달했다.

그 동안 자신이 함께 땀 흘려 키워온 회사가 엉뚱하게 동생에게 돌아가자 이 씨의 가슴 속에는 '언젠가 한 번은 반드시 대가를 치르도록 할 것'이라는 분노가 폭발한 것이 지난 2002년 12월 11일 오후 2시께였다.

경찰에 따르면 이 날 이 씨는 부산 사하구 하단동 G아파트로 귀가하던 민지 양을 자신의 승용차에 태워 인근 마을 농가로 데려갔다고 한다. 죽음을 예감한 민지 양이 '큰아버지 살려 달려'라고 애원했지만 이 씨는 흔들리지 않았다.

이 곳에서 민지 양을 목 졸라 숨지게 한 이 씨는 다음 날 이미 숨진 민지 양의 입에 독극물을 넣는 치밀함을 보이기도 했다. 이어 그는 범행을 영영 숨기기 위해 농가 마당에 민지 양을 암매장했다.

그것만으로도 안심이 되지 않았던지 이 씨는 자신의 처남에게 민지 양을 납치한 날의 알리바이를 조작해달라고 당부하기도 했다. 만약 경찰이 물어올 경우 같은 달 초 부산 초량동에 있는 처남의 편의점에 찾아가 함께 술을 마셨던 것을 11일에 있었던 일로 말해 달라는 것이었다.

하지만 민지 양의 죽음이 평소 민지 양 가족과 원한관계에 있는 면식범의 소행이라는 것을 간파하고 있었던 경찰의 눈을 따돌리기는 힘들었다. 경찰은 이 씨를 계속 주시하고 있었고 같은 달 19일 불안감에 휩싸여 민지 양을 암매장한 장소를 몰래 찾은 이 씨를 검거했다. 물론 이 사이에 목격자 이 씨에 대한 최면수사도 있었다.

검거된 뒤 이 씨는 모든 것을 포기한 듯 "동생에 대한 미움 때문에 충동적으로 범행을 저질렀다"고 순순히 범행을 시인했다. 예기치 못한 상황은 여기서 발생했다. 목격자 이 씨가 그를 봤다고 하는 을숙도 인근 강변로에 간 일은 결코 없다고 주장하고 나선 것. 아파트에서 민지 양을 납치한 뒤 범행 장소인 인근 마을 농가로 데려가기까지 한 번도 차에서 내린 적이 없었다는 게 이 씨의 주장이었다.

당황한 것은 경찰이었다. 범행을 시인한 피의자가 그런 '사소한' 거짓말을 할 이유는 전혀 없었다. 또한 사건과 아무런 관계가 없는 제 3자가 굳이 보지도 않은 사실을 봤다고 할 리도 만무했다.

피의자의 주장대로라면 목격자 이 씨는 피의자가 가본 적이 없는 곳에서 그를 본 셈이다. 그렇다면 이 상황을 어떻게 설명해야 할까. 경찰 관계자도 "둘 사이의 엇갈린 진술은 아직도 풀리지 않는 미스터리"라며 의아해 했다.

최면수사는 쓸 만하지만 '셜록 홈즈'는 아니다

사건의 목격자나 피해자에게 최면을 걸어 사건 해결의 단서를 얻는

'최면수사'가 우리나라에 도입된 것은 지난 98년이었다. 최면수사를 실시하게 되면 전문가들은 피조사자를 상대로 5~10분간 무의식 상태의 최면을 걸어 약 1시간 동안 당시 상황에 대한 수십 개의 항목의 질문을 던지게 된다. 최면에 성공하면 피조사자는 전문가의 '안내'에 따라 당시 상황을 재구성할 수 있게 된다.

최면수사가 주목을 받으면서 이를 통해 범인 검거에 도움을 받은 사례도 적지 않다. 지난 98년 발생한 뺑소니 사건에서 정신과 전문의 박희관씨가 범인의 차량을 본 목격자에게 최면을 걸어 차량번호를 기억해내게 해 범인을 검거할 수 있었다.

지난해 3월 대구에서는 오토바이를 타고 가던 손아무개 씨(44)를 치어 숨지게 한 운전자 정아무개 씨(27)가 최면수사로 인해 사건발생 두 달 만에 검거됐다. 목격자 이 아무개 씨(30)가 최면수사를 통해 차량번호를 정확히 기억해냈기 때문에 가능한 일이었다.

하지만 전문가들은 최면수사를 지나치게 과신하는 태도를 경계한다. 국립과학수사연구소 강덕지 과장(51)은 "해마다 1백여 건이 넘는 최면수사 의뢰가 있지만 사건해결의 결정적 열할을 한 것은 지난해 3월 대구 뺑소니 사건 정도"라고 말했다. 강 과장은 또 "최면은 목격자나 피해자들이 의식을 한 가지 사건에 집중하도록 도와주는 수사의 한 과정일 뿐"이라고 말했다.

- 『굿데이』에서 발췌 -

바보상자 사기극에 5천만 명이 당했다

화려하기 이를 데 없는, 말 그대로 세기의 깜짝쇼였다. 완벽한 몸매와 준수한 얼굴, 여기에 금상첨화 격으로 5천만 달러에 이르는 막대한 유산을 상속한 젊은 남자. 엄청난 넓이의 숲 속에 위치한, 중세 왕궁을 연상케 하는 성 안에서 수많은 심부름꾼을 부리고 사는 미혼의 남자이다.

그가 방송사를 통해 공개적으로 신부감을 찾겠다며 나섰고, 미모와 몸매, 지적 능력까지 갖춘 최고의 신부감들이 '성의 안주인'이 되겠다며 몰려들었다.

그러나 그것은 치밀하게 짜 맞춰진 시나리오에 불과했다. 사기극의 연출자는 방송사 폭스였고, 주연은 불도저 운전기사였으며, 들러리는 세계 최고의 규수감들이었다. 물론 사기의 피해자는 이들의 쇼를 장난인 줄 모르고 손에 땀을 쥐고 지켜 본 시청자들이었다.

《백만장자 조(Joe Millionaire)》. 이제 북미대륙에서 이 프로그램과 이 남자를 모르는 사람은 없다. 지난 2003년 2월 17일 저녁, 북미 대륙의 모든 가정에서는 숨을 죽이며 한 남자가 하는 '최후의 선택'을 주시했다 모두 5천만 명의 사람들이 지켜보았다고 하니 그 열기가 얼마나 뜨거웠는지를 쉽게 짐작할 수 있다.

극적인 반전을 노린 것일까. '백만장자 조'는 일반인의 예상을 깨고 최종 결선까지 올라온 두 사람의 규수감 중 조라라는 여자를 자신의 상대로 선택했다. 그러나 그것으로 다 끝난 것이 아니었다. 시나리오의 진정한 절정은 바로 그 다음에 도사리고 있었다. '백만장자의 신부'가 된 뉴저지 출신의 조라(30)는 임시교사 출신의 평범한 여자였다. 경향 각지에서 몰려든 희망자 가운데 조에 의해 '간택된' 20명의 본선 진출자 중에서도 그녀는 별로 눈에 띄지 않는 여자였다. 자신이 가르치는 아이들을 의식해서일까. 그녀는 '백만장자 조'에게 차분하게 접근하는 자세를 취했다.

17명의 경쟁자가 집으로 돌아가고, 3명의 여자만이 남아서 경합을 벌이던 지난 1월 말. 프랑스의 명승지에서 보낸 '백만장자 조'와의 데이트에서 그녀가 연출한 가장 뜨거운 장면은 수영장에서 키스를 나누는 정도가 전부였다.

깊은 밤, '백만장자 조'의 방문을 두드린 후 "함께 달을 보고 싶다"면서 육탄대시를 감행한 라이벌 사라와는 너무나 대조적이었다. 몸이 후끈 단 사라는 촬영팀을 피해 숲 속에서 조와 뜨거운 밀회를 즐기기도 했다. 사라가 내뿜는 뜨거운 신음소리가 안방에

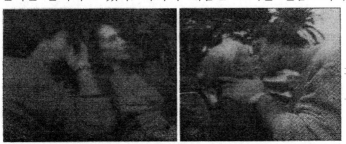

왼쪽은 '백만장자 조'와 신부로 간택된 조라. 오른쪽은 '조'에게 육탄대시를 했던 사라와의 키스신.

가득했을 정도였다.

마침내 지난 2월 17일 최후의 선택 시간. '백만장자 조'는 사라가 아닌 조라를 자신의 아내감으로 선택했다. 그러나 조라는 그의 최종선택을 받고 환한 미소를 지었으나, 이내 그 미소를 싸늘한 시선으로 바꾸어야만 했다. 조가 청혼을 하는 다이아아몬드 반지를 주면서 "나는 5천만달러는 고사하고 5만달러도 없다"는 충격적인 고백을 했기 때문이었다. 조라는 할말을 잃고 말았다.

그는 '백만장자 조'가 아닌 에빈 메리엇이라는 사내였다. 백만장자는 커녕, 연수입이 1만 9천달러 정도인 불도저 운전기사였다. 가장 그럴듯한 남자를 물색하던 방송사의 눈에 들어 갑작스럽게 '백만장자 조'로 만들어졌다. 물론 그의 성도 그의 것이 아닌 방송사가 빌린 것이었다.

사라는 물론, TV 수상기 앞에서 가슴 조이며 보고 있던 시청자들 모두가 충격을 받아야만 했다. 그러나 현명한 조라는 '방송'을 아는 여자였다. 잠시 생각을 한 조라는 "이번 여행은 너무 힘이 들었다. 그러나 나는 이 여행을 계속 하겠다"고 말을 함으로써 그의 청혼을 최종적으로 받아들였다.

방송사는 이 순간을 놓치지 않고 1백만달러 짜리 수표를 이들 커플에게 결혼기념선물로 주었다. 아니, 그것은 선물이 아닌 지상 최대의 사기쇼에서 활약해준 출연료였다.

현대판 신데렐라의 탄생을 자신의 이야기인 양 지켜봐 온 시청자들은 이제 TV에 대해 이 같은 결론을 내리고 있다. "TV는 재미있다. 그러나 TV는 그 재미를 위해 장난은 물론, 사기까지도 마다하지 않는다."

4.
에로백과

티베트 불교의 최고 해탈은 '남녀합일'

　대부분의 종교는 성적 욕망을 터부시하는 것이 특징이다. 섹스는 수도는 말할 것도 없고 구원의 방해 요소로 보기 때문이다. 그러나 유독 티베트 불교만은 무야브융(남녀합일)을 최고의 종교적 해탈로 보고 있다. 필립 로손이라는 사람이 쓴 『거룩한 티베트』라는 책에 따르면 '성적 결합은 고차원의 성취를 초월한 환희의 체험을 의미한다. 성적 황홀은 중생 구제의 한 방법이다.'라는 것이다. 또 티베트 불교 경전을 일본어로 번역한 일본의 한 스님은 '티베트 불교는 여색을 추구하는 것이 무아의 경지에 도달하여 대보살이 되는 길로 본다'면서 '그러나 경전 가운데는 도저히 분자로 표현할 수 없는 부분이 있다'고 탄식했다. 19세기 중국의 위원(魏源)이라는 사상가 역시 '라마교의 환희불(歡喜佛:남녀합체불)은 공개할 수 없는 외설'이라고 비판하고 있다. 티베트 불교가 이처럼 섹스 쪽으로 흘러가게 된 것은 민간 신앙과 무원칙하게 융화된 때문이라고 한다.

"성교육 10세 이후에 하면 늦어요"

성교육은 몇 살부터가 이상적일까.

결론부터 말하면 성교육은 10대 이전에 하는 것이 가장 좋다는 것이 미국 존스 홉킨스 대학의 존 마네 박사의 주장이다. 사춘기는 이미 늦다고 박사는 강조한다. 사람은 대뇌피질 발달에 맞춰 살아가기 위한 여러 가지를 배우면서 성장한다. 대뇌신피질이 완성되는 여섯 살 무렵이 학습 능력도 최고조에 달한다. 가령 언어 학습 능력을 일곱 살까지이다. 그 때까지 말을 배우지 못하면 평생 말을 할 수 없게 된다. 유명한 '늑대소년'이 늑대 굴에서 발견된 것은 일곱 살이 지난 뒤였다. 때문에 그는 끝내 사람의 말을 배우지 못했다. 어른이 된 뒤 외국어를 배울 수 있는 것은 마스터한 모국어를 기초로 한 언어 응용력이기 때문이다. 이 이론대로라면 사랑에 대한 학습도 마찬가지다. 어릴 때 사랑을 배우지 못하면 성인이 된 뒤에 비뚤어진 공격형이 된다. 사랑 가운데는 물론 '성애'도 포함된다. 따라서 열 살 이전에 성에 사랑을 포함한 성교육을 하는 것이 보다 효과적으로 마네 박사는 강조한다.

황당한 '중세 법의학'

'성적 관계가 어떤 것인지를 아는 여자로서 통상적인 능력을 잃지 않은 경우라면 1명의 남자 힘으로 강제추행이 가능하다고 보기 어렵다'는 것은 1011년 8판까지 나온 비베르라는 사람의 『법의학 개요』의 한 구절이다. 성경험이 있는 성인 여자는 집단 추행이 아닌 한 가해자를 유죄로 몰고 갈 수 없다는 뜻이다. 당시 사회의 고정관념이 법의학이라는 '과학의 눈'까지 멀게 한 것을 말해준다. 1852년에 나온 또 다른 법의학 논문은 '출산한 여인이 강제추행을 당한 예는 1,000분의 1이 채 안되며 예외적으로 범죄가 구성되기 위해서는 여러 명의 남자를 필요로 한다'고 태연히 주장하고 있다. 미성년자 강제추행에 대해서는 보다 자세한 증거를 제시하면서 범죄로 몰고 가는 경향을 보이기 시작했으나, 이 경우에도 가해자보다 피해자를 더 의심스러운 눈으로 보는 고정관념이 완전히 사라진 것은 아니었다. 법관은 미성년자 성폭행범에 대해 엄벌을 내리기 시작했으나 법의학이 오히려 가해자를 감싸는 시대가 19세기 중반까지 계속되었다.

인도·일본은 성기신앙 선진국?

우리나라는 물론 세계 어디에서나 볼 수 있는 것이 남근석과 여음석 숭배로 대표되는 성기신앙이다. 한데 본격적인 성기신앙의 선진국으로는 인도가 꼽힌다. 그 중에서도 '생명의 근원은 생식에 있다.'는 '철학'을 바탕으로 한 시바 링거 신앙이 대표격. 링거란 '페니스'의 범어(산스크리트어) 표현으로 거대한 생식 에너지를 상징한다.

시바 링거 신앙은 힌두교보다 더 역사가 오래된 종교다. 기원전 2500년의 모헨조다로 유적에서 원추형 링거가 발굴됐다. 그리스 로마의 성기신앙은 좀더 실질적이어서 신전에서 '실기' 시범까지 행해졌다고 한다.

신과 여신의 동침으로 나라가 창조됐다는 일본 역시 성기신앙에서는 챔피언급이다. 지금도 아이치현 한 신사에서는 재래 때 나무를 깎아 만든 거대한 남근을 신주 대신 받들며, 아오모리현의 한 신사에서는 '모셔둔' 나무 페니스로 환부를 문질러 병을 고치는 의식을 행하고 있다.

루이 14세도 매춘엔 '두 손 들었다'

여자가 창녀로 타락하는 것은 경제적 이유 이외에 '억제할 수 없는 성욕' 때문이라는 것이 16세기 프랑스 정부의 인식이었다. 그래서 '매춘 추방책'의 하나로 탕녀 전용 중노동 시설까지 마련했다. 최초의 창녀 '감화 수용시설'은 프랑스에서 시작되었다. 베르사유 궁전 부근의 근위대 야영지에까지 창녀가 진출하자 격노란 루이 14세는 마침내 '감화 수용'을 통한 창녀의 재활정책을 버리고 엄벌주의로 방향을 전환했다.

누구든 매춘업을 지원하거나 이용하는 자는 군법회의에 회부하여 귀와 코를 베어버리는 형벌을 내리도록 칙령을 내린 것이다. 또 성병환자를 채찍으로 다스리는 것은 기본이고 악성인 경우는 물에 빠뜨려 죽이는 '익사형'을 내렸다. 성병이 없는 창녀는 발가벗겨 말에 태워 거리로 끌고다니는 '망신형'에 처했다. 그러나 루이 14세의 이러한 '엄벌 방침'에도 불구하고 파리의 창녀는 지금도 여전히 성업 중이다.

정조대 기원은 '숫처녀 과시용 띠'

중세 유럽 여인을 울린 정조대의 원형에 대해서는 두 가지 설이 있다. 하나는 고대 그리스·로마 사회에서 유행한 '처녀 띠'이며 다른 하나는 고대의 말 사육 수의사들이 우량종 확보를 위해 암말의 방만한 교미를 막기 위해 사용한 '성기 덮개'에서 비롯되었다는 설이다. '처녀 띠'는 문자 그대로 정조 보호와는 관계가 없는, '나는 처녀'라는 시그널 패션이다. 아마 비너스와 아프로디테도 이 띠를 착용하고 있었는지 모른다. 문제의 정조대가 등장한 것은 중세 십자군 전쟁 이후다. 지금 남아 있는 가장 오래된 정조대 자료는 괴팅겐대학 도서고나이 수장하고 있는 콘라드키셀이라는 병사가 1405년 5월에 그린 당시 이탈리아 피렌체에서 만든 정조대의 그림이다. 실물로는 베니스 총독궁 박물관이 소장하고 있는 프란체스코 2세가 그의 아내에게 강요한 정조대가 가장 오래된 것으로 추정되고 있다. 띠에 금속판을 대어 앞 뒤 중요 부분을 막아버리는 이 정조대는 그러나 소변과 대변용 통로는 남겨놓는 아량을 보이고 있다는 것이다.

코르셋·인공유방은 19세기의 히트상품

'풍만한 유방'은 여인들의 영원한 꿈이었다. 지금은 수술로 직접 유방을 '가공'하고 있지만 19세기 귀부인들은 인공 도구의 힘을 빌려야 했다. 이 때문에 갖가지 인공 유방이 날개돋친 듯 팔렸다. 심지어 1885년의 노동박람회에서는 코르셋과 인공 유방이 히트 상품으로 각광을 받았다는 기록도 있다.

그러나 인공유방은 안전성과 강도에 문제가 많아 때때로 귀부인들을 망신시켰다. 『프랑크푸르트 가제트』지는 당시 빈의 한 사교모임에서 꽃 한송이를 선물받은 귀부인이 그 꽃을 핀으로 가슴에 꽂는 순간 인공 유방이 펑크나면서 풍만하던 가슴이 '납작 가슴'으로 돌변하는 망신을 당했다고 보도하고 있다.

또 드레스가 흘러내리지 않도록 빨판을 단 다목적 인공 유방도 한때 유행했다. 그래서 짓궂은 신사 분들은 "인공유방은 여자를 아름답게 보이게 할뿐만 아니라 물에 빠졌을 때 구명대 역할까지 한다"고 비아냥거렸다고 한다.

프랑스의 뻐꾹족, 아내의 불륜 알고도 냉가슴

프랑스에서는 얼간이 남편을 '뻐꾸기(코큐)'라고 부른다. 우뻐꾸기가 다른 새 둥지에 알을 낳는 것을 ♂뻐꾸기가 모르는 데서 연유한 것이다.

말하자면 뻐꾸기 남편은 아내가 바람 피우는 것을 모르고 지내는 속 편한 남편을 속칭하는 것이다. 샤를르 프리에라는 사람은 『연애 신세계』라는 책에서 이 뻐꾸기 남편을 9단계 64가지 타입으로 분류하고 있다.

그 모두를 소개하는 것은 번거로울 뿐만 아니라 그게 그것일 정도로 비슷하기 때문에 전형적인 세 가지 타입. 이른바 '뻐꾸기 남편 베스트 3'만 소개하기로 한다.

첫째 타입은 '자신이 따돌림 당하는 줄도 모르고 아내를 독점하고 있다고 믿는' 천하태평형이다.

둘째 타입은 '자신도 바람을 피우기 때문에 아내의 탈선에 눈을 감는' 포용형이다.

셋째는 '아내의 간통을 알고는 있으나 이를 밝히는 것이 두려워서 말도 못하는' 소심형이다.

자, 그렇다면 당신은 어느 타입인가?

네 여자 건드렸으니 내 여자 주마

아내의 불륜은 대개 폭력사태로 번지기 마련이다. 폭력은 남자들에게 있어서 질투의 한 표현이기 때문이다. 그래서 베네수엘라의 조르카스족은 재판권을 갖고 있는 장로회의조차 바람난 아내에 대한 처벌권은 행사하지 않는다. 모든 처분권은 바람피운 여자의 남편에게 일임하는 것이 관례다. 남편은 아내와 잠자리를 같이 한 남자를 죽일 수 있는 권리가 있다고 보는 게 부족의 관습이다.

그러나 불륜 아내에 대한 처벌이 조르카스족처럼 반드시 폭력으로 확대되는 것은 아니다. 에스키모족 일부에서는 아내의 바람을 일종의 '접촉사고'쯤으로 가볍게 보는 것이 관례다. 그래서 아내를 훔친 남자와 남편이 노래시합을 벌여 승부를 짓는다. 노래를 잘한 쪽이 아내를 훔친 남자라면 그 사건은 없었던 일로 덮는다. 또 남캘리포니아의 가브리에리노족은 범인이 자기 아내를 상대방에게 바쳐 실질적인 '아내 바꿔치기'로 수습을 한다고 한다.

고대 로마선원의 섹스, 1년에 두 번

능력껏 아내 이외의 섹스 파트너를 거느릴 수 있었던 것이 가부장제의 고대 그리스, 로마였다. 가부장제 아래서는 여자에게만 일부일처제의 의무가 엄격하게 적용되었던 것이다. 그래서 부유층 남자는 첩과 여자 노예 이외에 단골 창녀와 남창까지 취향에 따라 즐길 수 있었다.

특히 로마 여성은 이혼할 권리가 있었으나 그리스 여성은 외출할 자유도 없어 평생을 아버지, 남편, 아들만 바라보며 방안에서 살아야 했다.

그런가 하면 종교적으로 '순결'에 집착한 유대인 사회에서는 마자의 섹스도 엄격한 통제를 받았다. 물론 출산을 위한 섹스는 적극적으로 장려했기 때문에 제도적으로 복수의 아내를 거느릴 수 있었다. 그러나 한편으로는 재산 정도, 직업, 사회적 지위에 따라 '섹스의 자유도'를 제한썼다. 특히 엄격한 랍비가 앞장서서 '횟수'까지 제한했다. 부유층은 하루에 한 번, 노동자는 1주일에 두 번, 당나귀 기르는 직업 종사자는 1주일에 한 번, 선원은 1년에 두 번이 한도였다는 것이다.

그리스 남자들 '여자 셋은 기본'

　자연스럽게 섹스의 자유가 규제되기 시작한 것은 사회 형성과 때를 같이 한다. 당연히 사회의 주도권을 쥔 남자 중심의 규제였다. 그래서 고대 그리스. 특히 아테네 여인은 아무리 나이가 많아도 법적으로는 미성년자로 취급당했다. 의무는 있되 권리는 없는 존재였던 것이다. 남편의 부정을 이유로 이혼소송을 제기할 수 있는 것이 유일한 권리였다. 단 '폭행이 동반되지 않은 남편의 바람'은 이혼사유가 되지 않는다. 그러나 남편 쪽에서는 언제든 말한 마디로 이혼이 가능했다. 그러나 이혼을 할 때는 아내가 가지고 온 지참금을 돌려줘야 한다. 그래서 아테네 남자들은 마음 놓고 바람을 피우면서 남자임을 즐겼다. '직업여성은 환락을 위해, 애인은 수발을 들게 하기 위해, 조강지처는 아이를 낳기 위해' 적어도 여자 셋은 거느려야 남자 축에 낄 수 있다는 말도 나왔다. 직업여성을 요즘 말로 하면 유흥가의 호스티스라고 하면 맞을까?

로마시대엔 '왕가슴은 야만인'

고대 그리스 여신의 풍만한 유방은 '문명국'인 로마에서는 '야만형'으로 경원시 됐다. 영토 확장 과정에서 미개한 외지인과의 교류가 늘어나면서 발생한 일종의 '유방 쇼비니즘' 현상이다.

그리스 여신들의 유방이 크기도 컸지만, 대부분 아래로 축처진 형이었기 때문에 그러한 편견이 확산됐다.

따라서 로마 여인들은 가능한 한 유방이 작게 보이도록 하는데 온갖 노력을 다 기울였다. 수요가 있는 곳에 공급이 생기는 것은 지금이나 고대 로마나 마찬가지다.

마침내 유방을 작고 아담하게 만들어 주는 갖가지 '유방 다이어트 약'까지 등장했다.

의사이면서 식물학자였던 디오코리테스는 나크소스 섬의 돌가루를 가슴에 바르면 효과가 있다고 권했으며, 『자연사』의 저자인 플리니우스는 진흙을, 당시의 대표적 시인이었던 오디비우스는 빵을 젖에 적셔서 습포하면 효과가 있다고 권장했다.

이들의 유방 다이어트 약이 얼마나 효과를 냈는지에 대한 기록이 없는 게 유감천만이다.

아내 위해 다른 남자 바친 북유럽의 남편들

　성윤리, 성도덕도 따지고 보면 그 시대, 그 사회의 전형적인 단면을 반영한 것이다. 남자가 힘을 못 쓰는 곳에서는 여자의 콧대가 높아지고 그 반대일 경우에는 남자가 폭군으로 군림하게 마련이다. 북유럽은 아마도 남자가 맥을 못 추는 사회였던 듯 하다. 남편이 아내에게 애인을 조달해 주어 '사랑놀이'를 하도록 자리를 펴주는 풍습이 있었다고 전한다.

　이러한 풍습이 남하하여 14세기에는 프랑스의 사보아 지방에까지 확산되었다. 이름하여 '바란티나주'. 아내가 남편 승인 하에 연인이 돼 줄 미혼 남자를 조달해 일정기간 마음껏 즐기는 행사이다. 사랑의 힘으로 재생과 풍요를 촉진한다는 것이 '아내 바람 피워주기'의 목적이었다. 때문에 이 행사는 봄의 부활을 상징하는 축제로 발전하여 기존의 '5월 축제'와도 연관을 맺게 되었다.

　그러나 이러한 불륜을 끝까지 참고 견디기에는 남편들의 자존심이 허락하지 않아 갖가지 심각한 사회문제로 확대되는 경우가 잦았다. 교회가 앞장서서 근절시키려 했으나 큰 효과는 보지 못했다고 한다.

폐쇄사회의 창가제도

고대 인도에서는 청결한 귀부인, 고급 유녀, 후궁의 총희들의 성애기교로써 구순성교(口脣性交)가 널리 행해지고 있었다. 오죽하면 2세기에 성립된 최고의 법전에 기록되었겠는가. 그 경전의 '카마수트라'에서 여성이 행할 입술의 기법 8가지를 살펴보면 다음과 같다.

○ 손으로 링가(남근)을 잡고 입술로 물고 흔든다.
○ 링가의 귀두부를 손으로 감싸고 측면에 키스한다.
○ 입술로 닫고 끝을 꽉 누른다.
○ 양 입술로 단단히 죄고 링가를 입속에 넣는다.
○ 링가를 손으로 쥐고 입술로 키스하듯이 받아들인다.
○ 링가에 키스하고 혀끝으로 핥고 때린다.
○ 링가를 반 정도 입속에 넣고 빨아들인다.
○ 링가를 입속에 전부 넣고 빨아들인다.

경전은 위와 같이 여성의 구순성교를 말하면서 '남자도 여자에게 그 기교를 키스방법과 똑같이 행하라'라고 덧붙여 가르치고 있다. 또한 사랑의 환락이 끝나면 손을 씻고 음소를 닦은 뒤 방을 바꿔 향수나 향유를 여자의 나신에 발라주고 찬 과즙이나 샤베트를 권하여 달콤한 사랑을 느끼게 하라고 경전에서는 가르치고 있다.

이렇듯 성애기술이 발달된 것에 비해 인도의 법은 간통과 같은 비윤리적 비계급적 행위를 엄하게 처벌하였다.

첫째, 동성애를 할 경우 여성의 가장 수치인 머리칼을 잘랐다. 즉, 처녀로서 다른 처녀를 범할 경우 혼수의 2배의 벌금을 지불하고 10대의 매를 맞았고 부인으로서 처녀를 범했을 때는 곧바로 머리를 깎거나 손가락 2개를 절단하였다. 이런 고대풍습은 2차대전 중 독일군병사와 관계를 가진 여자들에게 그대로 행하였다고 한다.

둘째, 계급이 다른 간통은 신분이 낮은 사람에게 특히 가혹한 처벌을 내렸다. 예를 들면 계급이 낮은 남자가 계급이 높은 여자를 범했을 경우 남자의 링가를 불에 태워 잘라내거나 새빨갛게 달군 철침대위에 눕혀 여자가 계급이 낮은 남자와 간통했으면 벌겋게 달군 철제 링가를 질에 삽입시켜 음부를 태워버렸다. 같은 계급의 남자가 여자를 범하면 손가락 2개를 절단하거나 무거운 벌금을 내도록 하였다.

이는 특히 계급의 수직관계를 철저히 거부한 인도의 카스트제도의 잔혹성을 단적으로 말해주고 있다.

고대 인도 남자들은 사회의 폐쇄성이 강한 만큼 새로운 돌파구로 창가제도를 발달시켰다. 순간적으로 발동하는 남자들의 성적 충족을 위해서는 어쩔 수 없이 창부와 같은 존재가 필요했던 것이다.

그러나 가정을 망치는 남자의 바람기는 사회적으로 결코 용서

하지 않았다. 때문에 하렘에서는 바람둥이를 잡아 그 성적능력이 고갈 될 때까지 페라치오로 들볶아 완벽한 임포텐츠로 만들어버렸다고 한다.

이에 반해 인도의 옆 나라 아라비아에서는 간통에 대한 통제를 별로 심하게 하지 않았다.

'코란'에 나와 있듯이 간통죄를 증언하려면 4명의 증인이 필요하였는데 간통현장을 4명이 동시에 엿본다는 것은 현실적으로 불가능한 만큼 그 법은 유명무실하였다. 아라비아는 일부다처제로써 어지간한 정력이 아니고서는 또 다른 여자를 탐하지 못하였기 때문이다.

☺ 포토 갤러리

나무의 엉덩이

5.
특별한 몸을 가진 사람들

라면만 먹고 산 사람

수십 년간 라면만 먹고 사는 노인을 수 년 전 라면회사인 N사가 라면홍보를 위해 컴퓨터 PC 통신에 소개해 화제가 된 적이 있었다.

주인공은 강원도 화천군에 사는 농부 박병구 노인이다.

97년 현재 69세인 박 씨는 44세 이후 25년여 동안 하루 세 끼를 모두 라면으로 대신하고 있다. 하루에 먹는 라면은 4~5개, 그동안 그가 먹어치운 라면은 4만 5천여 개로 높이로 쌓으면 여의도 63빌딩의 약 4배 정도 높이가 된다고 한다. 라면에 생야채를 곁들여 먹고, 가끔 아내가 건강을 염려해 강권하면 생선이나 고기를 조금씩 먹긴 하지만 거의 라면만 먹고 산다고 해도 과언이 아니다. 밥은 먹으면 토하게 된다는 것이다.

그의 라면요리법은 면을 끓여 국물을 버리고 식힌 후 스프를 넣어 비빔면을 만들어 먹는 것이다.

경기도 포천군 백운계곡을 지나 강원도 화천군으로 이어지는 도로변에서 4킬로미터나 들어간 산골마을에 사는 박 씨는 "아무런 불편 없이 건강하게 농사 잘 짓고 있다"고 말했다. 그는 또 라면을 먹기 시작한 이후 지금까지 1백67센티미터의 키에 51킬로그램의 몸무게를 그대로 유지하고 있다고 덧붙였다. 박 씨가 라면

만 먹게 된 것은 음식을 모두 토하는 장협착증에 걸렸기 때문이
라고 한다.

"뭐든지 먹기만 하면 토해 힘들었는데 라면은 별 무리가 없어
계속 라면으로 살게 됐다"고 말했다.

그의 존재가 세상에 알려진 것은 몇 년 전 이 동네 이장이 N사
에 박노인의 희안한 식생활을 알려주면서부터. 박 씨는 특히 N사
의 안성탕면만 줄기차게 먹기 때문에 N사는 그가 먹는 라면 전
량을 무상으로 공급해 오고 있다. N사는 당시 박 씨를 PC통신
기업포럼란에 올리면서 '라면만 오래 먹어도 건강에는 아무런 문
제가 없다.'고 선전했었다.

농부 박병구 노인

알레르기 때문에 벌거숭이로·····

이 세상에서 가장 외로운 처녀는? 아마도 바하마 군도의 낫소 부근 작은 외딴 섬에서 혼자 살고 있는 미모의 처녀 리사 버스(23)보다 더 외로운 여자를 찾기는 쉽지 않을 것이다.

97년 10월 21일자 미국의 주간지 월드뉴스는 희귀한 알레르기 때문에 옷이라곤 실오라기 하나도 몸에 걸치지 못해 혼자 살게 된 그녀의 딱한 사정을 전해 눈길을 끌었다.

메사추세스 주 낸턱킷에서 태어나 자란 리사 양은 5년 전까지만 해도 아름다운 갈색머리를 지닌 신체 건강하고 예쁜 소녀였다.

비극은 대학에 입학하던 해부터 시작됐다. 집에서 좀 떨어진 대학 컴퓨터학과에 진학, 자취생활을 하던 그녀는 대학생활에 적응을 하느라고 평소보다는 스트레스가 많았다.

"옷이 닿는 부분마다 정상이 아니라는 느낌이 들었지만 '스트레스 때문이겠거니'하며 대수롭지 않게 생각했어요. 그렇지 않으면 세제나 세탁법의 문제라고 추측했구요."

증세가 나타난 지 몇 달 되지 않아 상태가 너무 나빠져 속옷을 입을 수 없게 됐다. 헐렁헐렁 얇은 원피스만 하나 달랑 걸치고 학창생활을 이어 나갔다.

"그러던 어느 날 강의를 듣고 있는데 온몸이 타는 것 같고 너

리사 머스 양의 여동생이 찍은 그녀의 사진.

무 고통스러워서 어떻게 할 수가 없었어요. 나도 모르게 벌떡 일어서 원피스를 훌렁 벗어버렸어요. 정신을 차리고 주변을 둘러보니 강의실에 있던 모든 사람이 실오라기 하나 걸치지 않은 저만 쳐다보고 있었어요."

너무 창피한 나머지 다음 날로 자퇴해 버린 리자 양은 알레르기 전문의들을 찾아다녔다. 그 중에는 그녀의 증세에 흥미를 갖고 멀리 남아프리카에서 날아온 면역학자 해롤드 벤 콧츠 박사도 끼어 있었다. 의사들은 그녀의 병에 〈후발성 다원형 알레르기〉라는 이름을 붙였을 뿐 누구도 그 병을 고쳐 주지 못했다.

콧츠 박사는 "이 병은 다양한 항원에 의해 지속적으로 알레르기반응이 일어나는 상태를 말한다"며 리자 양의 경우 합성섬유는 물론 면, 실크, 린넨, 가죽, 울 등 거의 모든 직물에 격렬한 알레르기를 일으켜 결과적으로 옷을 입을 수 없는 것이라고 설명했다. 이런 물질들이 몸에 닿으면 반점이 생기고 종기가 돋는다. 월드 뉴스지와의 전화 인터뷰에서 리사 양은 "옷을 입으면 마치 뜨거운 바늘 수백 개로 동시에 찌르는 것 같다"고 밝혔다.

결국 옷을 입지 않고 살려면 누드촌으로 들어가야 했으나 그것도 불가능했다. 수줍음 탓인지 누가 알몸을 쳐다보는 것을 견딜 수 없어 바하마 군도의 외딴 섬을 하나 통째로 사 가지고 오두막을 하나 지은 후 은둔생활에 들어갔다. 그게 불과 몇 달 전이다.

"의사들은 누드촌에서 나체주의자와 어울려 사는 것이 정신건강상 좋다고 하지만 저는 그렇게 할 수 없었어요."

불행 중 다행인 것은 온라인 잡지의 편집장 자리를 얻어 일을 할 수 있다는 점이다. 먹을 음식은 배달부가 배로 실어 그녀가 집 안에 숨어 있는 동안 그녀의 오두막 문 앞에 놓고 간다. 물론 옷은 입지 않으니까 세탁 걱정은 없다.

"지난 몇 달 동안 엄마나 여동생 외에 아무도 만나지 못했으니 제가 이 세상에서 제일 외로운 여자겠죠?"
라고 말하며 그녀는 애써서 미소지었다.

자신의 심장 박동을 조절하는 사나이

인체에서 가장 중요한 기관 중 하나로 심장을 꼽을 수 있다. 만약 심장이 박동 규칙을 잃는다면, 무서운 질병이 침입해 올 것이다. 그런데 미국에는 자기 마음대로 심장의 박동수를 변화시킬 수 있는 특이한 심장을 가진 예린이라는 사람이 있다. 미네소타 대학의 정신과 주임인 그는 올해 46세로 음악 애호가이기도 하다.

예린은 침대에 누워 음악을 감상하면서 자기 심장을 재즈, 컨트리 음악의 박자에 맞춰 박동수를 조절할 수 있다. 이러한 일은 의학계에서 불가사의한 일로 여기고 있다.

어느 날 심리학자 데이빗 레이컨은 예린의 심장 박동수를 40분에 걸쳐 측정해 보았는데, 그는 예린이 자신의 심장을 마음대로 조정할 수 있다는 것을 실험을 통해 밝혀냈다. 하지만 지금까지도 의학자들은 이처럼 심장 박동을 자유자재로 조절할 수 있는 원리가 어디에 있는가에 대한 답을 알아내지 못했다.

발가락이 두개, "내 탓이 아니오!"

　인간의 발은 예외 없이 26개의 뼈와 1백 7개의 인대와 19개의 근육으로 구성돼 있다. 그러나 사람의 지문처럼 발의 모양도 똑같은 사람은 한 사람도 없다고 한다.

　일반적으로 키가 큰 사람은 발도 크다. 또한 현대인들은 바쁜 생활로 늘 분주히 돌아다니기 때문인지 손발이 저점 커져 가는 경향이 있다고 한다.

　또 발의 크기와 모양은 지역적으로도 차이가 보여서 에스키모 인들의 발은 유난히 작은데, 그 이유는 추운 날씨에 열 손실을 막기 위해서라고 한다.

또 이탈리아인들의 발은 일반적으로 작고 둥근 편이며 스칸디나비아반도에 거주하는 사람들의 발은 매우 거친 편이라고 독일의 발 전문가인 슈마허 박사는 말한다.

그러나 이 세상에서 가장 특이한 발을 가진 종족은 아프리카의 잠비아와 짐바브웨 사이에 거주하는 소수 부족일 것이다.

그들의 발은 유전적으로 발가락이 2개뿐이다. 발가락 2개가 큰 간격으로 나 있는 모습은 보통사람들이 보기에는 불편하고 신기하게만 보이지만 당사자들은 발가락이 2개라도 걷거나 살아가는 데 전혀 불편함이 없다고 한다.

'살아 있는 기적' 44세의 이중 체아

2중 체아 분리 수술은 선진 여러 나라에서 성공한 사례들이 꽤 있다. 그런데 러시아에는 두 몸으로 분리되지 않은 체 44세(1996년)가 된 살아 있는 기적이라고 불리우는 한 쌍의 이중체아(二重遞兒)가 있다.

마챠와 다챠라는 이름을 가진 형제가 그 주인공들이다. 나이는 44세이다. 2중 체아로서는 세계에서 가장 오래 살고 있는 케이스라고 한다. 따라서 하루를 더 살 때마다 두 사람은 계속해서 세계 기록을 깨뜨리고 있는 셈이다.

두 사람이 태어난 곳은 모스크바 교외에 있는 침키라는 마을이다.

"우리가 태어날 때 어머니는 몹시 놀라셨답니다. 두 아기의 몸이 붙어있다는 끔찍한 사실을 알기도 전에 의사로부터 사산(死産)이라는 말을 들었기 때문이지요."

다챠는 말끝을 흐린다. 두 형제가 출생한 직후 어머니는 그 형제를 버렸기 때문이다.

알콜 중독자인 아버지는 술만 퍼 마실 뿐 아이들을 거들떠 보려고도 하지 않았다. 형제는 양호학교에 보내졌으며 거기서 교육도 받았다. 만일 다른 선진국에서 태어났다면 분리 수술도 받았을 것이고, 그리하여 따로따로 별개의 몸이 되었을지도 모른다.

"하지만 우리들을 진찰한 의사는 분리 수술이 불가능하다고 말했다더군요."

2개의 다리를 공유하면서 이 쌍둥이 형제는 보통 아이들처럼 성장해 갔다.

"몸통이 따로따로인 것처럼 우리들은 성격도 다릅니다. 마챠는 담배를 피우지만, 나는 피우지 않아요. 마챠에게서 피우라는 권유도 받았지만 아무래도 체질에 맞지 않는 것 같아서 피우고 싶은 생각이 들지 않아요."

그렇게 말하는 다챠지만 술은 마신다. 하지만 마챠는 술은 질색이다.

"술이라면 나는 한 방울도 못 마셔요. 재미있죠? 우리들의 성격 차이가."

마챠도 그렇게 말하지만, 두 사람은 역시 쌍둥이인 탓인지 사고 방식에 닮은 점들이 많다고 한다.

두 사람이 깊이 고마워하고 있는 사람은 지금은 고인이 된 알렉산더 세프첸코 박사이다. 이중체아였기 때문에 형제를 어렸을 때부터 내장 장애를 안고 있었다. 그 치료를 위해 횟수가 거듭되는 수술을 직접 집도하여 건강을 찾아 준 박사는 말하자면 그들 형제에게 있어서 아버지와 같은 사람이다.

"목발로 걷는 방법을 가르치고 훈련시켜 주신 분도 박사님이죠. 박사님이 아니었다면 우리 형제는 이 나이까지 살아 있지 못했을 겁니다."

마챠와 다챠 형제는 어쨌든 사이가 좋다. 떨어질 수 엇는 운명인데다 둘 다 말하기를 좋아하기 때문에, 마차는 담배를 피우면서, 그리고 다챠는 술잔을 마시면서 여러 이야기를 주고받는다.

인간 발전기 '레이 양'

'절 열 받게 하지 마세요. 그렇지 않으면 불나요.'

흔히 이성(異性)간의 교감을 '전기가 오는 것같다'고 표현한다. 그만큼 강렬한 느낌을 받았다는 뜻이다. 그러나 연인과 사랑을 나누면 진짜 전기를 발생시키는 〈인간 발전기〉가 있어서 화제다.

근착 미국의 『선』지는 애리조나 주 피닉스에 사는 미용사 하이디 레이 씨(28)를 소개, 관심을 끈다. 그녀는 사랑에 빠졌을 때뿐만 아니라 화났을 때, 흥분했을 때 예외 없이 강한 전기를 만들어 낸다. 그래서 퓨즈가 끊어지게 하거나 전구에 불이 들어오게 한다. 그래서 여간 애를 먹는 것이 아니다.

그녀가 처음으로 자신이 남다르다는 사실을 깨달은 건 막 13살이 됐을 때, 친척집을 방문하게 됐는데 너무 반가운 나머지 친척들을 모두 꼭 껴안았더니 모두들 전기가 오른다며 화들짝 놀라더라는 것이다. 또 그 친척들은 그녀가 들어오면 TV가 잘 나오지 않는다며 TV가 있는 방에는 들어오지도 못하게 하더라는 것이다.

성인으로 자라서는 이성교제도 변변히 해 보지 못했다. 좋아하는 남성과는 손만 잡아도 거의 감전사 할 정도로 전기가 나오기 때문에 모두 그녀를 피했기 때문이다.

그러던 그녀가 최근 사귀게 된 남자는 자기가 일하는 미용실 사장 루 애봇 씨(33). 하이디는 루와도 같은 경험을 했다.

"둘이 한창 무드를 잡고 있는데 정말 그녀에게서 스파크가 일더라구요. 집을 태워먹을까봐 얼마나 걱정했는지 모릅니다"라고 말하는 루는 사랑을 나누지 못하고 집으로 돌아가는 수밖에 없었다. 그를 보낸 후 하이디는 이러다가 끝내 독신으로 늙어죽는 게 아닌가 걱정이 됐다.

그러나 루와 하이디는 찰떡궁합이었는지 전기가 오르면 오르는 대로 적응해 나갔다. 그리고 곧 결혼식을 올리기로 한 루는 의사에게 하이디의 검사를 의뢰했다.

신경학자 레오 폰스는 "이런 사례는 의학교과서에도 없는 매우 특이한 경우"라며 그녀를 검사했는데 정말 장난이 아니더라는 것이다. 누전이 일어나게 했는가 하면 컴퓨터 시스템을 고장내 컴퓨터를 사용할 수가 없었다. 심지어 키를 꽂지도 않은 차가 그녀가 올라타니까 움직이기 시작하더라는 것이다. 영국에선 이런 사례를 연구한 적이 있으며 이를 〈슬라이더와 페노메논〉이라고 부른다고 한다. "정전기 과다로 나타나는 현상인 것 같다"는 게 폰스 박사의 말이다. 감정의 변화가 심하면 정전기가 더욱 많아지는 것

같다는 것이다.

생화학자들에 따르면 하이디의 세포에는 양이온이 있고 반대로 루는 음이온이 있다고. 그래서 두 사람의 궁합이 맞는 것이 아닌가 보고 있다.

"하이디를 만나기 전에는 여성에 대해 이런 느낌을 가져 본 적이 없다"고 말하는 루와 "사랑을 나눌 때 전기가 지나치게 나오지 않도록 조심을 하지만 애정생활에는 전혀 지장이 없다"는 하이디. 정말로 찰떡궁합이 아닐 수 없다.

온 몸이 비누로 변한 미녀

　죽은 지 백수십년이 지났는데도 아직까지 그 육체가 남아 있을 뿐 아니라 온 몸이 비누가 되어 버린 미녀가 있다. 사람의 몸이 비누가 된다는 것은 도대체 어떻게 되는 것을 말하는 것일까?

　미국 필라델피아에 있는 마터 박물관은 의학 연구를 목적으로 설립된 박물관인데, 그 박물관 안에 있는 수많은 유리 케이스에는 무수한 인골들이 진열되어 있다. 질병과 싸워 온 인류의 역사가 여기에 있는 것이다. 말하자면 암에 침해된 사람의 뼈는 어떠한 상태가 되는 것인지 이 곳을 방문하면 모두 알 수 있는 것이다.

　비누가 된 미녀의 미라는 인골이 진열되어 있는 방의 안쪽에 놓여져 있다.

　"그녀의 몸 전체가 비누의 성분과 조직으로 되어 있습니다. 이것은 세계적으로도 대단히 진귀한 경우지요."

　마터 박물관의 여성 관장은 이렇게 말하면서 유리 상자 속에 누워 있는 여성의 미라를 가리킨다.

　정말로 비누가 된 그녀가 그 곳에 잠들어 있다. 온몸이 다갈색으로 변하였고, 뒷머리는 긴 금발이 약간 남아 있다. 입은 크게 벌리고 있어서 당장 큰소리로 외칠 것만 같다. 머리, 몸통, 다리,

모두가 살 부분은 남아 있지만, 팔에서부터 손까지는 뼈가 드러나 있다. 피부가 들떠 있는 발목에서는 비누가 벗겨진 것 같은 피부색의 지방이 들여다보인다.

흔히 우리가 알고 있는 미라는 거의 말라 비틀어져 뼈와 가죽뿐인 형태인데, 이 여성은 어째서 이러한 상태가 되었는지 관장의 설명을 통해 들어볼 필요가 있다.

"그녀의 신장은 130센티미터 정도였다고 생각됩니다만, 매우 뚱뚱했다는 사실을 알 수 있어요. 한데 그 지방 조직이 보다 안정된 물질로 변화하고 있습니다. 지방 조직이 화학적인 변화를 일으키고 있는 것이죠. 지방으로 이루어진 밀랍 같은 물질의 화학 조직이 비누와 매우 비슷합니다. 발이나 팔 등이 부분적으로 조직 변화를 일으키는 경우는 가끔 있지만, 그녀의 경우는 온몸이 화학 변화를 일으키고 있기 때문에, 영원히 이 모습으로 보존할 수 있을 것입니다."

만일 지방이 비누화하지 않았다면, 설사 미라였다고 할지라도 뼈와 가죽밖에 남아 있지 않았을 것이라고 그녀는 말한다.

비누화한 이 미녀가 무덤 밖으로 나온 것은 지금으로부터 약 130년 전인 1874년의 일이었다. 묘지를 이장하려고 파헤쳤을 때 발견된 것이었다. 사망한 시기는 1824년경인데, 남북 전쟁보다 20여 년 전의 일이다.

1987년에는 토머스 제퍼슨 대학에서 이 여성의 시신을 놓고 X선 촬영을 하였다. 그 결과, 사망 당시 여성의 추정 연령은 40세이고, 사망 원인은 황열병이었다는 사실이 판명되었다. 그리고 피하 지방은 비누화 되어서 남아 있지만, 그 밖에 있어야 할 폐나 위, 장, 간장과 같은 장기는 전혀 남아있지 않았다 뇌의 일부를 남기고 그 밖의 것은 모두 썩어서 없어졌던 것이다.

X선 사진을 보면 지방의 두께를 명확히 알 수 있다. 외치는 소리가 들릴 것만 같이 크게 벌린 입은 턱이 부서져 있기 때문에 벌려진 채 그대로 있는 것 같다. 부서져 열린 그 입 속에는 치아가 없는데, 턱의 상태로 보아 아마도 생전부터 이미 없었을 것이라는 추론이다.

그리고 X선 사진에는 몸 안에 들어있는 8개의 금속 핀도 찍혀져 있었다. 그것이 영국제의 핀이라면 1924년 이전의 것이라는 추론이 가능하다. 어째서 몸 안에 핀이 들어가 있게 되었는지 그것도 수수께끼이다.

그녀가 누워 있는 유리 케이스에 가까이 가면 분명히 비누 냄새가 난다.

15년간 기른 '코털'이 15센티미터

    세계에서 가장 긴 코털로 기네스북에 오르는 영광을 얻은 사람은 1999년 현재 64세의 미국인 앨런 비어덜로 15년간 기른 그의 코털은 당시 15센티미터였다.

    젊었을 때 당구대 판매업을 했던 그는 유전적으로 코털의 성장 속도가 보통 사람에 비해 빠른 편이었다. 그의 할아버지와 아버지도 하루가 멀다 하고 잘라 주어도 코 밖으로 삐져나오는 코털 때문에 불평을 하곤 했다고.

    그는 50세까지는 여성들에게 특히 혐오감을 주는 코털을 매일

같이 정성스럽게 깎아버렸다. 그러나 평생 독신으로 살아온 비어덜은 50세를 넘기면서 코털을 길러 보기로 작정했다. 매일 아침의 코털 깎기도 귀찮았지만 얼마나 자라는지 알아보고 싶은 마음도 생겼기 때문이다.

    그러는 동안 코털 기르기는 무엇보다 중요한 그의 삶의 목표가 될 정도로 소중한 일이 됐지만 그

의 코 밖으로 나온 털을 본 주위 사람들이 이상한 듯 쳐다보고 정신 나간 사람 취급을 하는 바람에 마음대로 외출을 할 수 없었다.

그러나 그의 콧수염이 기네스북에 오르게 됐다는 사실이 알려지자 사람들은 더 이상 그를 보고 인상을 쓰거나 쑥덕거리지 않게 되었고 그는 그 후부터 자랑스러운 듯이 자신의 코털을 쓰다듬으며 거리를 활보하고 있다고 한다.

쫄깃쫄깃한 지폐, '최고의 간식'

이 세상에서 가장 비싼 간식을 먹는 사람은? 아마도 미국 디트로이트시에 사는 테리 노울스 양(19)보다 더 비싼 간식을 먹는 사람은 없을 것 같다. 아무리 비싸 봐야 '돈' 그 자체만큼 비싸지는 않을테니까……

지난 97년 11월 11일자 미국의 주간지 선은 20달러(2만원) 지폐나 100달러(10만원)짜리 지폐를 과자 삼아 즐겨 먹는 테리 양을 소개, 관심을 끌었다.

믿을 수 없게도 그녀는 제일 좋아하는 간식으로 돈을 꼽는다. 그런데 문제는 그녀가 은행원이었다는 점이다. 직장에서 고객이 맡겨 놓은 돈을 석 달 동안 2만6천3백42달러(2천6백34만원)이나 먹어치워 문제가 됐다.

그녀의 변호사는 테리 양이 돈을 먹는 해괴한 병에 걸려 있다며 선처를 호소했지만 피해를 본 은행관계자들은 노발대발했다. 테리 양은 환자가 아니며 "단지 분별력이 없으며 다른 사람들의 돈을 존중하지 않는 무신경한 사람"이라고 주장하며 그녀의 처벌을 요청했다.

테리 양의 어머니 메리 부인(43)은 딸이 어려서부터 이상한 강박증세를 보여 왔다고 말했다.

"딸아이가 10살 때 일주일분 생활비를 먹어치운 일도 있었어요. 눈 깜짝할 사이에 200달러(20만원) 가량을 질겅질겅 씹어 먹어버리더라구요"라는 것이다. 또 용돈을 주면 다른 소녀들처럼 옷이나 CD를 사는데 쓰는 게 아니라 그것을 스낵 먹듯이 금방 먹어버리곤 했다는 것이다. "아이가 꼭 지폐만 먹어 일부러 용돈을 25센트짜리 동전으로 바꿔 주기도 했다"고 덧붙였다.

그래서 메리 부인은 테리 양이 14살 때 정신과 의사를 찾아갔다. 진찰을 마친 의사는 테리 양의 병을 〈현금섭취강박증〉이라고 이름 지었다. 그러나 치료는 하지 못했다.

경찰은 테리 양이 돈을 먹어버린 후 종이조각을 끼워 넣어 뒤늦게 발견토록 하는 치밀함도 보였다고 밝혔다.

피해은행의 존 폴리스 사장(60)은 "어째서 이런 이이 일어날 수 있느냐"며 기막히다는 표정을 지었다. 돈만 보면 게걸스럽게 먹으면서 어떻게 감히 은행에 취직할 마음을 먹었느냐는 것이다.

테리 양은 경찰에서 한 번 은행돈을 먹기 시작하니까 도저히 멈출 수가 없었다고 진술했다고 한다. 게다가 감자칩을 먹는 것과 마찬가지라는 그녀는 한 번만 먹어보면 그 맛을 잊을 수 없다고 덧붙였다는 것

간식으로 돈을 먹고 있는 테리 노울스 양.

이다.

그러나 정작 테리 양의 곤경은 98년 초에 시작되었을 것 같다. 그 돈을 변상하지 않으면 성년이 되는 98년부터 10년 동안 감옥에서 보내야 하기 때문이다.

"이미 먹어 버린 돈을 토해낸다는 것은 불가능하므로 아마 감옥에 가야 할 것 같다"는 것이 담당경찰의 말이었다.

6.
읽지 않으면 후회하게 될 이야기

38년 전의 약속

　1962년 미국 덴버시의 한 고등학교에 조든이라는 역사 선생님이 있었다. 학생들에게 인기가 좋았던 조든은 아이들이 졸업을 하면 더 이상 만날 수 없는 것에 늘 안타까워했다.

　그러던 어느 날, 그는 학생들에게 새 천년 첫 날에 덴버시 시립도서관 앞 계단에서 만나자고 약속을 했다. 조든은 학생들에게 그 때쯤이면 자신이 은퇴한 볼품없는 늙은이가 되어 있을 터이니 각자 양복 옷깃에 1달러씩을 꽂고 와서 선생님의 소원인 타히티 여행을 보내 달라는 농담도 덧붙였다.

　2000년 1월 1일 아침. 덴버시 시립도서관 앞에는 한 은퇴 교사와의 약속을 잊지 않고 기억했던 1백여 명의 제자들이 모여 서로 부둥켜안고 오랜 사제간의 정을 나누는 광경이 벌어졌다. 저 멀리 알래스카나 로스앤젤레스, 뉴욕, 텍사스 등지에서 제자들이 아들과 손자를 데리고 이 날을 축하하기 위해 온 것이다. 또한 제자들은 선생님의 농담을 잊지 않고 옷깃에 1달러 짜리 지폐를 모두 꽂고 있었다. 축하가 무르익을 즈음 한 낯선 남자가 그에게 다가와 꽃다발을 전해 주면서 말을 이었다.

　"제 아내는 선생님의 제자였습니다. 얼마 전에 암 투병을 하다가 그만 세상을 떠났습니다. 아내는 마지막 유언으로 자신의 38

년 전 약속을 잊지 말고 덴버 모임에 자기 대신 꼭 나가 달라고 했습니다." 노교사의 눈시울은 젖어 들었다. 백발이 성성한 조든은,

"자네들이 나를 잊지 않고 기억해 줘 너무나 고맙네."

하며 자신이 살아온 인생이 얼마나 값진 것인지를 비로소 깨닫게 되었다고 말했다. 그는 제자들이 모아 준 1달러 짜리 지폐를 뜻깊게 쓰기 위해 여행을 가는 대신 영세민을 위한 무료 급식 단체에 기부했다.

진짜 최고의 기수

　도쿠가와 요리노부는 말을 타고 온갖 재주를 벌이는 '마술'에 능했다. 기와가 날아갈 정도로 거센 바람이 부는 날, 요리노부는 사람들 앞에서 말을 탄 채 발걸이를 밟고 일어나 상체를 뒤로 젖혀 바람에 날아오른 두건을 재빨리 받아내는 아슬아슬한 재주를 뽐냈다. 그 일은 마술을 가르치는 선생의 귀에까지 들어갔는데 선생은 감탄은커녕 고개를 젓고 한 마디 했다.

　"나리의 마술은 아직 멀었습니다."

　선생의 강직함을 잘 아는 요리노부는 이 말을 듣고서 화도 내지 않고 그 이유를 물었다. 그러자 선생은 대답했다.

　"나리의 아버님이신 도쿠가와 이에야스님의 마술은 도카이도에서 따를 자가 없었습니다. 한 번은 군대를 이끌고 가시는데 계곡물이 앞을 가로막았습니다. 그 곳에는 혼자 겨우 건널 수 있는 허술한 다리가 걸려 있었습니다. 그 때 이에야스님은 다리 앞에서 말을 멈추고 가만히 생각하셨습니다. 뒤따라 온 다른 세 명의 영주들은 도카이도에서 가장 뛰어난 기수가 어떻게 저 다리를 건널까, 이건 정말 좋은 구경거리라며 지켜보았습니다."

　"음, 아버지께서는 멋지게 건너셨는가?"

　"물론 건너기는 건너셨습니다. 하지만 말에서 내려 시종인 호위 대원에게 업혀서 다리를 건너셨습니다. 병졸들은 저 분이 도카이도에서 가장 뛰어난 기수인가 하고 웃었지만 세 영주는 신음 소리를 내더니 과연 도카이도 제일의 기수라고 극구 칭찬했다 합니다. 아시겠습니까. 나리? 참으로 말에 능숙한 사람이라면 위험한 짓을 사서 하지 않는 법입니다. 나리가 자신만만하게 아슬아슬한 재주를 펼치시는 한, 나리의 마술은 아직 미숙하다고 밖에 말씀 드릴 수 없습니다."

변호사 링컨

　링컨이 변호사로 일하던 어느 날, 검은 리본을 단 부인이 링컨을 찾아왔다. 그녀는 얼마 전 죽은 잭 암스트롱의 아내였다. 잭은 링컨이 21살 때 가게점원으로 일하던 뉴세일럼 지방에서 활개를 치던 깡패집단의 우두머리였다. 링컨은 그 때 잭과 싸움이 붙었는데 링컨의 용기에 감탄한 잭이 화해를 청해 친구로 지내게 되었다. 그 후 이들은 오랫동안 만나지 못했고 느닷없이 잭의 부인이 찾아온 것이었다. 부인은 살인혐의를 받고 있는 잭의 아들 더프의 변호를 맡아줄 것을 부탁했다. 링컨은 그 자리에서 두말하지 않고 즉시 모든 일을 제쳐놓고 무료로 변호에 나서기로 하였다.

　살인사건에서 가장 유력한 증인은 찰스라는 페인트공이었다. 그는 더프가 새총으로 사람을 쏘는 모습을 직접 목격했노라고 나섰던 것이다. 사건이 일어난 시각은 밤 11시경, 찰스는 사건현장에서 45미터나 떨어져 있었지만 마침 머리 바로 위에 보름달이 떠 있었기 때문에 더프의 모습을 똑똑히 볼 수 있었다고 증언했다.

　재판이 열린 날이었다. 찰스는 평소 주장대로 똑같이 주장했다. 찰스가 말이 끝난 뒤 구겨진 바지에 손을 집어넣은 링컨이 일어섰다. 침착한 눈빛으로 링컨은 찰스에게 날카로운 질문을 던지기 시작했다. 링컨은 증인으로 하여금 그 시간에 달빛이 환히 비쳤기 때문에 가해자가 누구였는지 똑똑히 볼 수 있었다는 그의 증언을 12번이 넘게 반복하게 함으로써 그 진술을 다시는 취소할 수 없도록 만들었다. 그리고 나서 링컨은 1967년의 달력을 꺼내 보이며 사건 당시의 상황은 진술과는 달리, 달이 지기 한 시간 정도 전으로서 아주 으슴프레한 때였다는 것을 지적했다. 더구나 이 때는 상현 때로서 보름달이 아니라 반달이었던 것이다. 진술은 무너지고 말았다.

링컨은 잭의 부인의 손을 잡고서 나즈막히 말했다.

"아드님은 해가 지기 전에 풀려날 것입니다."

그 날 해가 지기 전에 더프는 집으로 돌아왔다.

세계 최고의 기술

어떤 시계 기술자가 있었다. 그의 꿈은 세계 최고의 기술을 자랑하는 스위스 시계를 능가하는 시계 부속품을 만드는 것이었다. 스위스 시계를 분해하여 세밀하게 살펴 본 그는 머리카락 굵기보다 더 가는 태엽을 만들어 냈다. 완성된 태엽을 보는 그의 눈엔 기쁨이 넘쳐흘렀다.

'이 태엽은 지금까지 만들어진 그 어느 것보다도 가늘고 튼튼하며 정밀하다.'

기술자는 자신만만한 자부심에 들뜬 나머지 태엽을 스위스 시계 회사에 보내 자랑하고 싶은 생각이 들었다. 그는 곧 곱게 포장한 상자에 태엽을 넣고 '최고의 솜씨로 만든 최고의 제품 견본'이라는 조그만 설명서까지 덧붙여 스위스로 보냈다.

'태엽을 받은 스위스 기술자들의 얼굴을 보고 싶구나.'

기술자는 스위스 기술자들의 놀란 얼굴을 떠올리며 흐뭇한 미소를 지었다.

얼마 뒤 이 기술자 앞으로 예쁘게 포장된 소포 하나가 배달되었다. 발신인은 스위스 시계회사였다. 기술자가 조심스럽게 소포를 풀어보니 상자 안에는 자신의 기술을 뽐내기 위해 보냈던 그 태엽이 고스란히 들어 있었다. 그런데 그 상자에는 아주 작은 보석을 감정할 때나 쓰는 돋보기가 함께 들어 있었다. 기술자는 스위스 시계 회사에서 왜 돋보기를 보냈는지 그 이유를 알 수가 없었다. 그러다 돋보기로 자신이 만든 태엽을 이리저리 살펴보던 중 그의 얼굴이 노랗게 변했다. 기술자는 이내 머쓱한 표정을 짓더니 조용히 돋보기와 태엽을 내려놓았다. 머리카락보다 가는 그 태엽에는 스위스 기술자가 뚫어 놓은 여러 개의 구멍이 있었던 것이다.

고해성사

리베이라 신부는 자정을 알리는 종소리를 듣고 서재에서 일어
섰다. 그 때 초인종 소리가 들려왔다. 신부가 문을 열자 모자를
눌러 쓴 사내가 재빠른 몸짓으로 안으로 들어왔다.

"신부님, 고해성사를 받고 싶습니다."

신부는 늦었지만 흔쾌히 사내를 맞아들였고, 고해소로 그를 데
려갔다.

"신부님, 저는 강도와 살인을 저질렀습니다."

신부는 나즈막한 사내의 얘기를 듣고 물었다.

"뉘우치십니까?"

"예."

"사람이 많은 역에서 그런 일을 저지르다니……."

그러나 사내는 아무런 반성도 하고 있지 않았다. 그는 뻔뻔하
게 말했다.

"신부님, 고해의 비밀은 지켜지죠? 신부님은 나를 고발하지 못
할 것입니다. 그러니 여기 권총과 훔친 지갑을 놓고 가겠습니다.
나중에 찾으러 오겠습니다."

사내는 고해소를 나간 뒤 담을 넘어 밖으로 도망갔다. 그러자
마자 경찰이 들이닥쳤다.

"신부님, 우린 살인자를 찾고 있습니다. 여기로 들어온 것 같은데……"

신부는 딱 잘라 말했다.

"나는 모르는 일입니다."

그러자 경찰이 성당 안을 구석구석 뒤졌다. 얼마 뒤 경찰은 권총과 돈을 발견했다. 경찰은 신부를 무섭게 쳐다보았다.

"이것이 왜 여기 있습니까!"

리베이라 신부는 강도 살인죄로 중노동에 무기 징역을 선고받았다. 리베이라 신부는 아무런 변명도 하지 않았다. 그로부터 6년후 제 1차 세계 대전이 일어났다. 부상 입은 병사 1명이 사제를 만나게 해달라고 청했다. 그는 죽기 직전 리베이라 신부가 자신 때문에 감옥살이를 하고 있다고 털어놨다. 이리하여 리베이라 신부는 6년의 중노동과 복역생활 끝에 자신의 무죄가 증명되어 석방되었다. 신부는 끝까지 고해의 비밀을 지켰던 것이다. 1912년 포르투갈의 작은 마을에서 일어난 일이다.

지워지지 않는 약속

1922년 니에프스는 지워지지 않는 사진을 찍는데 성공했지만 이 사진을 완성하는데는 8시간이나 걸린다는 단점이 있었다. 그 시간이면 차라리 화가들이 그림을 그리는 편이 낫다고 사람들은 생각했다. 사진이 환영을 받지 못하자 니에프스는 절망에 빠져 더 이상 실험을 계속할 엄두가 나지 않았다. 그러던 어느 날 니에프스는 당대의 유명한 화가인 다게르로부터 한 통의 편지를 받게 되었다. 편지는 니에프스에 대한 존경과 격려로 가득차 있었다.

「존경하는 니에프스 씨, 당신이 발명한 지워지지 않는 사진에 매우 깊은 관심을 갖고 있습니다. 저는 그림을 그리는 화가이지만 당신의 연구에 제가 도움을 줄 수 있다면 좋겠습니다.」

니에프스는 갑자기 힘이 솟는 듯 했다. 얼마 후 니에프스는 다게르를 만나게 되었다. 다게르의 손을 덥석 잡은 니에프스가 말했다.

"다게르 씨, 우리 두 사람 중 누가 먼저 사진 연구에 성공하든지 간에 그것에서 생기는 이익을 똑같이 나누기로 합시다."

다게르는 니에프스의 물기어린 눈을 바라보며 고개를 끄덕였다. 그 뒤 다게르는 니에프스의 연구에 충고를 아끼지 않고 연구를 도왔다.

그러나 4년 후 뜻밖에도 니에프스가 세상을 뜨게 되었다. 한동안 슬픔에 젖어 있던 다게르는 그림조차 팽개치고 니에프스의 연구를 이어받았다. 실험은 순조롭지가 않았다. 물리학자도 화학자도 아닌 한낱 화가에 불과한 다게르가 사진 현상법을 연구하는 것은 쉽지 않은 일이었다. 몇 년 후 다게르는 세계 최초의 사진 현상법과 정착법을 발명하게 되었다. 프랑스 의회는 그의 발명을 치하하기 위해 상금을 내렸다. 그러나 다게르는 상금을 정중히 거절하며 말했다.

"저는 상금을 받을 수 없습니다. 저의 친구 니에프스는 이미 세상을 떠났지만 우리의 약속은 아직도 살아 있습니다. 저희의 약속은 이 사진처럼 지울 수가 없습니다."

결국 그 상금의 반은 니에프스의 후손에게 전해지게 되었다.

사막에 세워진 대학

제 2차 세계대전이 한창이던 1943년 여름, 포로로 잡힌 독일군 중위 칼은 사막 한가운데에 세워진 포로수용소 제리빌에 도착했다. 갓 스물을 넘긴 칼은 황량한 사막에서 굶주림에 시달리고 득실거리는 벌레에 뜯기며 생활할 것이 아득하기만 했다. 다음 날 칼은 고참 포로들의 손에 이끌려 한 막사에 들어갔다. 그 곳엔 수 십명의 동료 포로들이 앉아 있었는데 그 중 한 명이 맨 앞에 서서 무언가 열심히 중얼거리고 있었다. 누군가 어리둥절하게 서 있는 칼의 어깨를 치며 말했다.

"이보게, 자네도 참여하지. 여긴 대학이네. 우리가 세운 대학교……."

고참 포로들은 전쟁이 끝나면 조국을 재건하는데 교육을 받은 젊은이들이 필요할 것이라 생각하고 수용소 안에 이미 대학을 졸업했거나 학식있는 포로들을 선생으로 모시고 공부를 배우고 있었던 것이다. 수용소를 관리하는 프랑스군 당국자들은 포로들이 공부에 몰두하면 탈주나 폭동을 일으킬 시간적 여유가 없다는 생각에서 그것을 눈감아 주고 있었다. 칼의 얼굴에 미소가 떠올랐다. 칼은 열심히 공부했다. 그들은 수용소의 평평한 벽을 골라 칠판으로 사용했고, 분필은 벽돌로 대신했다. 또한 화장지, 휴지, 담배갑 뒷면, 상자 등을 공책으로 썼다. 그러나 이런 것들마저 충분하지 않아 학생들은 그 날 배운 것을 모조리 외워버렸다.

이 소식이 바깥으로 전해진 1944년엔 세계 각지에서 수많은 책들이 보내졌다. 이것을 계기로 칼과 학생들은 한층 높은 수준의 공부를 할 수 있게 되었다. 마침내 포로들이 풀려난 것은 4년이 지난 후였다. 고향으로 돌아간 칼은 곧 3개 대학을 찾아가 사막에서 공부한 것을 인정받으려는 시험을 치렀다. 칼의 시험성적이 매우 뛰어나자 한 대학 교수가 사막의 포로수용소에서 공부했던 수십 명의 사람들을 대상으로 시험을 보게 하였다. 놀랍게도 그들 모두 매우 우수한 성적을 받았다. 오늘날 독일에서 활동하고 있는 기업가, 정치가, 판사, 등 유명인사들 중엔 옛 서독 IBM 회사의 중역이었던 칼을 비롯하여, 사막의 제리빌 포로대학을 졸업한 사람들이 많이 있다.

그 어머니에 그 아들

얼마 전 하버드 대학의 총장 닐 루딘스틴이 우리나라를 방문한 적이 있다. 그가 처음 총장이 될 당시 주위에서 이런저런 말들이 많았다.

전통적으로 하버드 대학의 총장이 된 사람들은 대부분 훌륭한 가문 출신이었다. 하지만 루딘스틴의 집안은 그리 좋은 편이 아니었다. 그의 아버지는 유태계 소련인이었고 어머니는 이탈리아 출신의 식당 종업원이었다. 게다가 그는 하버드 대학 출신도 아니었기에 사람들은 무언가 비리가 숨어 있을 것이라고 수군거렸다. 그러나 루딘스틴은 그런 이야기들에 전혀 아랑곳하지 않았으며, 자신의 부모님을 자랑스러워했고 하버드 대학을 위해 자신이 해야 할 일을 묵묵히 해 나갔다.

그러나 루딘스틴의 어머니는 아들이 미국 최고의 명문 대학 총장이 되었는데도 예전의 생활과 전혀 다르지 않게 허름한 식당에서 종업원으로 일하고 있었다. 그의 어머니가 식당 일을 계속 하고 있는 것을 알게 된 기자들은 어느 날, 식당으로 루딘스틴의 어머니를 찾아가 취재를 했다. 한 기자가 궁금증을 참다못해 물었다.

"식당 일은 언제 그만 두실 겁니까?"

그러자 루딘스틴의 어머니는 웃으며 대답했다.

"내 아들은 자기 일에 최선을 다하여 하버드 대학의 총장이 되었어요. 그러니 나도 맡은 바 내 일에 최선을 다해야지요. 만일 내 아들이 대통령이 된다 하더라도 나는 내가 하던 일을 계속 할 것입니다."

어머니의 말에 기자들은 모두 고개를 끄덕였다.

"역시 아들 못지 않은 어머니로군……."

그들 곁으로 내려가야 합니다

　1931년 노벨 평화상을 수상한 제인 애덤스는 1860년 미국 일리노이 주에서 태어났다. 그녀가 세계인의 화합에 평생을 바치게 된 것은 아버지의 영향이 컸다. 당시 일리노이 주의 상원의원이었던 그녀의 아버지는 제인이 어렸을 때부터 상처받고 아픈 사람을 어루만지고 돌볼 줄 알아야 한다고 가르쳤다. 그런 아버지 밑에서 자란 그녀는 의사가 되기로 결심하고 의과대학에 입학했지만 불행하게도 허리에 병이 생겨 더 이상 공부를 계속할 수 없게 되었다. 그래서 그녀는 의사의 권유로 휴양 차 유럽으로 가게 되었다.

　어느 날, 관광버스를 타고 영국 런던의 한 거리를 지날 때의 일이다. 구석구석에 쌓여 있는 쓰레기 더미에서는 코를 찌르는 악취가 풍겼고 한쪽 길가에 세워진 야채 트럭 앞에서는 야위고 피곤해 보이는 얼굴에 누추한 옷을 걸친 사람들이 다 시든 야채 값을 깎느라고 옥신각신하고 있었다. 버스 안에서 그 광경을 지켜보던 제인은 가난하고 어려운 사람들을 위해 봉사하려면 높은 곳에서 내려다 볼 것이 아니라 그들 곁으로 내려가야 한다는 것을 깨달았다.

　귀중한 깨달음을 얻고 시카고로 돌아온 제인은 시카고에 이주

하여 살고 있는 가난한 이민자들을 돕기 시작했다. 당시 시카고에는 돈을 벌기 위해 미국으로 건너 온 외국인들이 많이 살고 있었지만 그들은 심한 인종차별과 가난 속에서 허덕이고 있었다.

제인은 그들의 미움의 벽을 허물고 마음이 통할 수 있기를 바라는 마음으로 빈민가에 있는 작은 집 한 채를 빌려 아주 아늑하고 멋지게 꾸민 후 '헐 하우스'라는 이름을 붙였다. 그리고는 배고픈 사람들과 지친 사람들은 모두 와서 먹고 쉬라고 외쳤다. 미국에서 처음으로 사회 사업관이 탄생하는 순간이었다. 처음에는 제인에게 뭔가 다른 꿍꿍이 속이 있을 거라고 수군대던 사람들도 차츰 제인의 진심과 열정을 이해하게 되었고 차츰 헐 하우스를 찾는 발길이 늘어났다.

제인은 공장에서 일하는 어머니들을 위하여 탁아소를 열었으며 병이 든 사람은 무료로 치료를 받게 해 주었다. 그리고 그녀는 인종이 다른 사람들을 집으로 초대하여 이야기를 나눔으로써 서로를 이해할 수 있는 기회도 마련하였다. 그 외에도 제인은 이민 온 여성들을 보호하고 전체 여성의 지위를 높이는 일에도 앞장섰다. 이러한 제인의 노력으로 미국 전역에는 헐 하우스 같은 집들이 하나 둘 세워지기 시작했다.

서로를 알고 이해한다면 인종 간 국가간의 갈등은 사라지게 될 것이라는 소박한 꿈을 안고 이것을 몸소 실천한 제인 애덤스는 1935년 조용히 숨을 거두었다.

사고로 다시 태어난 파바로티

　1975년 12월 22일 공연을 마치고 집으로 돌아가는 비행기에 오른 파바로티는 어느 때보다 지쳐 있었다. 오페라 가수로서 최고의 자리에 올랐지만 그는 갑자기 모든 것이 허무하다는 생각이 들었다. 100킬로그램이 넘는 뚱뚱한 몸도, 성공도, 자신이 좋아하는 노래도 부담스럽고 힘들게만 느껴졌다. 그는 그저 빨리 집으로 돌아가 모든 것을 잊고 쉬고 싶었다.

　그런데 밀라노의 말펜시 공항에 도착한 비행기가 짙은 안개 속에서 착륙을 시도하다 활주로를 벗어나 추락하고 말았다. 사고로 잠시 정신을 잃었던 그가 깨어난 곳은 많은 사람들이 다치거나 사망한 끔찍한 사고 현장의 한가운데였다. 눈앞에 펼쳐진 아수라장을 보며 그는 어떤 울림이 들리는 듯 했다.

　'아, 이런 생사의 갈림길에서 내 삶은 아무래도 좋은가? 여기 많은 죽음 앞에서도 내 삶이 헛된 것이란 말인가?'

　그 와중에서 와이셔츠 차림으로 오들오들 떨던 그는 누군가 건네준 손수건을 받아들다 자신도 모르게 그 손수건으로 목과 입을 감싸고 있었다. 그 순간 그는 자신은 결코 노래와 멀어져서는 살아갈 수 없다는 것을 깨달았다.

　'그래, 살아 있다는 것은 정말 소중하고 감사한 일이구나.'

파바로티는 죽을 뻔한 그 사고 이후 세상의 모든 것을 아름답게 바라볼 줄 알게 되었다. 열 아홉살 때 처음 노래를 시작하던 열정으로 연습을 했고 다이어트로 몸무게도 줄였으며 최선을 다하는 사람으로 다시 태어났다.

"내가 노래를 그만 두기 전에는 공부하고 또 공부할 것입니다. 타고난 재능이 50퍼센트라면 나머지 50퍼센트는 철저한 노력에서 나오는 것이기 때문입니다."

흑인 노예 조

흑인 노예 조는 매우 성실하여 주인의 두터운 신임을 받고 있었다. 주인은 조를 사랑해서 무슨 일을 하든지 조의 의견을 물었다. 어느 날 주인은 몇 사람의 노예가 더 필요해 조를 데리고 노예시장에 갔다. 짐승처럼 묶여 있는 노예들을 바라보는 조의 가슴은 무척이나 아팠다. 그들 중에는 몹시 야위고 늙은 노예가 한 명 끼어 있었다. 조의 발길이 그 노예 앞에서 멈췄다. 조는 물끄러미 그를 내려다보더니 주인에게 말했다.

"주인님 제 부탁을 들어주세요. 부디 저 늙은 노예를 사셨으면 합니다."

주인은 조가 가리키는 쪽으로 시선을 돌리며 탐탁찮은 듯 대답했다.

"저 사람은 너무 늙은 데다 병까지 얻은 것 같다. 젊은 사람을 얼마든지 구할 수 있잖은가."

그러자 조는 더욱 간곡하게 주인에게 빌었다. 조와 주인의 대화를 듣고 있던 늙은 노예는 고개를 들지 못하고 있었다. 주인은 마지못해 늙은 노예를 집으로 데리고 갔다.

그 뒤 조는 그 늙은 흑인을 정성스럽게 돌보았다. 주인은 며칠 동안 조의 행동을 조심스럽게 살펴보았다. 조는 열심히 일하면서 틈틈이 늙은 노예를 찾아가 무언가 얘기를 나누기도 하고 음식도 가져다주었다.

이를 수상히 여긴 주인이 조를 조용히 불렀다.

"이보게 조, 자네는 왜 그 늙고 쓸모없는 노예를 고집했는가? 또 그 늙은이를 정성스럽게 돌보는 이유는 뭐지? 내 가만 생각해 보니 혹시 헤어진 아버님이 아닌가?"

조는 주인의 얘기가 끝나자 이렇게 말했다.

"주인님, 죄송합니다. 그 분은 저의 아버지가 아닙니다. 그 노인은 제가 어렸을 적에 저를 납치해서 노예시장에 팔아넘긴 사람입니다. 처음엔 그를 몹시 미워했습니다. 우리가 시장에 나갔던 그날 거기서 노인을 보았을 때 한 작은 음성이 들렸습니다. '네 원수를 사랑하라. 네 원수가 배고프거든 먹이고 목이 마르거든 마시게 하라'는……. 지금 저의 마음은 평온합니다."

넬슨 만델라의 지혜

누우면 발과 머리가 벽에 닿는 좁은 방에서 세 장의 얇은 담요와 짚으로 만든 매트로 추운 겨울을 나고, 면회도 6개월에 한 번 30분간만 허용되며, 망치로 돌을 잘게 부수는 지루한 노역에서 하루도 벗어날 수 없었던 로빈섬 감옥에서 27여 년을 산 사람, 바로 지금의 남아프리카공화국의 대통령 넬슨 만델라이다.

그는 44세 때 종신형을 선고받아 수감된 뒤 72세의 나이에 석방되었다. 힘이 넘치던 중년이 백발의 노인이 되어 돌아온 것이다. 가혹한 인생이 여러 가지 있겠지만 만델라보다 더한 경우는 흔치 않을 듯싶다. 그러나 그는 오히려 이전보다 훨씬 강하고 지혜로운 사람이 되어 돌아왔다. 그는 350년에 걸친 인종차별 제도를 철폐시켰는데, 이 공로로 노벨평화상을 받았고 대통령으로 선출되었다.

만델라를 이렇게 강한 사람으로 만든 것은 무엇일까. 그것은 첫째 로빈섬 감옥에서의 그의 생활이다. 처음 감옥에 들어가 의기소침해 있던 만델라는 용기를 내어 그 곳에서 자기가 할 수 있는 일이 무엇인가를 찾았다. 우선 그는 매일 운동을 하면서 자신의 건강을 지켜나갔다. 그리고 죄수들끼리 각자의 직업과 장기를 최대한으로 살려 자기가 알고 있는 것을 다른 사람에게 가르치는 상호 강의도 만들어 냈다. 책도 필기구도 없었지만 살아있는 지식의 학교를 열었던 셈이다. 그는 이 과정에서 다양한 계층의 사람들과 많은 토론을 벌이면서 말하는 지혜를 배웠다. 이것은 훗날 백인 정권과의 협상 과정에 큰 무기가 되었다. 그는 감옥의 '풍부한 시간'과 '다양한 사람'을 최대한 활용해 자신의 건강과 지적 능력을 꾸준히 배양한 것이다.

둘째 만델라는 감옥 생활의 마지막 시간을 극적인 기회로 이용했다. 감옥에서 20여 년이 지났을 때 갑자기 만델라 혼자만 다른 곳으로 옮겨졌다. 혼자만 떨어져 있는 것은 무척이나 힘든 일이었지만 그는 좌절하지 않고 오히려 백인 정권에 자신과의 비밀 협상을 제의했다. 당시에 백인정권과의 협상은 나약함이나 배신의 표시로 간주되어 아무도 제의하지 못하고 있었다. 하지만 그는 그의 성숙한 인품과 논리, 해박한 지식으로 협상을 성공적으로 이끌었다.

아마도 이 협상의 없었다면 남아프리카공화국의 새 시대는 아주 늦어졌거나 내전이 발생했을지도 모른다. 만델라의 단독 수감 처분이 생각지 못한 결과를 낳은 것이다. 결국 그의 감옥 생활은 새 국가를 만들기 위한 최상의 준비 기간이 되었다. "어떠한 상황에 처하더라도 낙담하지 말고 이를 활용하라" 이 평범한 말이 만델라가 우리에게 주는 지혜이다. 인생을 결정 짓는 것은 우리가 처한 '환경'이 아니라 이를 대하는 우리의 '태도'에 달린 것이다.

아름다운 풍치 구역

7.
해괴한 이야기 (멕시코 편)

우주인의 아이인가?

　멕시코 시의 어떤 병원에서 '우주인'의 아이가 3명 태어난 적이 있었다.

　3명 모두 어머니가 전혀 다른 여성들이었는데, 각기의 여성은 애기가 생겼다는 것을 전혀 알아차리지 못하고 복통 때문에 구급병원에 와서야 비로소 뱃속에 애기가 있다는 것을 알았던 것이다.

　그리고 수 시간 후에 출산했다.

　게다가 태어난 아이는 인간의 애기와 모습이 달랐으며 전혀 울지도 않았다고 한다. 또한 애기의 생김새는 매우 섬뜩한 것이 '우주인' 같아 보였다고 한다.

　이러한 예는 다른 나라에는 없기 때문에 멕시코의 7대 불가사의의 하나로 기록되게 되었다.

마야의 연못

일찍이 멕시코에는 페루의 잉카보다도 뛰어난 문명을 가진 마야족이 존재해 마야족이 남긴 가지가지의 유적이 각지에서 발견되고 있다.

유카탄 반도 중부에서 수 년 전에 발견된 마야의 연못도 그것들 중의 하나이다.

이 연못에서는 금·은·보석류가 많이 발견되었는데 그 밖에 산 제물이 된 것이라고 생각되는 소녀의 유골들도 발견되고 있다.

마야의 연못이 그 이상의 어떤 수수께끼를 숨기고 있는지 아직 모든 것은 알 수 없지만 멕시코에는 아직 이러한 마야 문명의 수수께끼를 간직한 유적들이 많이 있는 모양이다.

멕시코 만의 수수께끼

　멕시코 만의 동부에 산재하고 있는 서인도 제도의 하나인 자마이카 섬 부근의 해저에는 많은 금·은·보화가 잠들어 있다고 전해지고 있다.

　그것은 17세기초 이 자마이카 섬을 근거로 하여 멕시코 만에서 칼리브 해 부근을 거리낌없이 휘젓고 다니던 해적들의 전리품인 것이다.

　현재의 자마이카의 수도 킹스톤이 바로 그 해적들의 포트로얄이었던 것이다.

　그런데 크게 번영했던 이 해적들의 도시는 1692년에 갑자기 발생한 해일에 휩쓸려 순식간에 해저로 가라앉고 말았다.

　그 후 18세기에 이르러 영국해군이 자마이카 앞바다를 조사한 결과 푸른 바다의 밑바닥에서 눈부시게 빛나는 마을의 지붕이 발견되었는데 그것은 450미터나 되는 깊은 곳에 있었기 때문에 끌어올리는 것은 불가능했다고 전해지고 있다.

유카탄 반도의 수수께끼

"우리들의 선조는 일본인이다"

멕시코의 유카탄 반도에는 스스로 자기들의 선조가 일본인이라고 칭하는 인종이 있다. 그들의 얼굴·체형(몸의 생김새)·풍습 등은 분명히 일본인을 꼭 닮았는데 그들이 말하고 있는 것을 믿고 싶은 정도이다.

그러나 역사적으로 보면 유카탄 반도에 일본인이 간 것은 그다지 옛날의 일이 아니다. 선조가 일본인이라고 하는 것은 있을 수 없는 일인 것이다. 멕시코인에게 물어도 모른다고 밖에는 대답해 주지 않고 있고 조사하는 것도 쉽지가 않은 일이다.

그들의 음식물도 역시 일본인 식인데 멕시코 인들까지도 이 인종을 불가사의한 존재로 취급하고 있는 모양이다.

오아하카의 샤먼

오아하카에 있는 유명한 여자샤먼(여자무당)은 불사의 샤먼으로서 불가사의하게 취급되고 있다. 그녀는 160세 정도 된 나이인데, 얼핏 보면 70세 정도로 밖에 보이지 않는다.

그녀가 장수하고 그 위에 젊게 보이는 것은 신육이라고 불리는 버섯을 먹고 있기 때문일 것이라고 추측되고 있다. 그러나 본인이 말하는 바에 의하면, 그녀 자신의 혼이 지금까지 4번이나 바뀌어 들어갔고, 육체는 다른 4명의 여성이 환생했기 때문이라고 한다.

티베트의 다라이 생불은 380년간이나 죽지 않고 육체만이 환생을 계속하고 있다는 전설이 있으니 그녀가 말하는 것도 역시 진지하게 생각해 보지 않을 수 없다.

수수께끼의 돌

아카풀코는 세계에서도 유명한 별장지대로서 세계의 유명인사들의 별장이 많이 있다. 이 아카풀코의 언덕에 수수께끼의 돌이 있다. 이 돌은 어른 한 사람만으로는 감싸안을 수 없을 정도로 크며 무게는 1.5톤 정도가 된다.

그런데 이상한 것은 돌의 표면에 직경 30센티미터 정도의 둥글고 큰 불에 탄 흔적이 있고 초생달의 밤에는 이 흔적이 초생달 모양으로 되어 보인다는 것이다.

무엇이 탄 흔적인지 언제쯤 생긴 것인지 여러 가지로 조사하고 있지만 아직까지 알아낸 것은 없다.

단물이 솟아나오는 연못

과탈라하라의 남쪽에 위치한 우뚝 솟은 콜리마 산속에 불가사의한 연못이 있다.

연못의 존재가 발견된 것은 지금부터 70년쯤 전의 일인데 연못의 모양은 지금도 변하지 않았다고 한다.

이 연못이 불가사의하다고 말하는 이유는 연못의 물이 마치 설탕물처럼 달기 때문이다.

이 단물은 1년 내내 솟아나고 있지만 그것이 왜 솟아나는지 전혀 알 수 없다는 것이다. 현주민은 '하늘의 물'이라든가 '신의 물'이라고 부르며 성수로 여기고 있다.

8.
심령학자들이 만난 유령들

"네 자식들 다 잡아가겠다"

몇 년 전 29세의 여인이 나를 찾아왔다.

그녀의 사주를 풀어 보니 자식이 없거나 귀할 팔자인데다가 얼굴엔 병색이 완연했고 유산한 징후까지 보였다. 더 자세히 살펴보니 '아기를 낳다가 죽은 젊은 산모'의 원혼이 그 여인의 등 뒤에 유착돼 있는 것이 보였다.

"억울하게 죽어 간 젊은 여자의 혼령이 계속 당신을 따라다니고 있소. 그 때문에 당신은 이미 두 번이나 유산했고 지금 임신 중이지만 또 유산할 기미가 보이니 그 영가를 천도해 주면 화를 면할 수 있겠소."

그랬더니 여인이 말했다.

"실은 제 남편이 노총각으로 지내다가 늦게 결혼했기 때문에 시댁 식구들이 자손 보기를 학수고대하고 있어요 그런데 첫째와 둘째 아이가 원인 모르게 유산되고 얼마 전 아이를 가졌는데 이상한 꿈을 꾸었어요."

그녀가 임신했을 때 하늘에서 남자아이가 내려오는 꿈을 꾸었다고 한다. 꿈속에서 아기를 보고 "너 언제 왔니?" 하고 물으니 "벌써 왔는데 엄마 배에 들어가지 못하게 할머니가 방해한다"며 사라지더라는 것이었다. 그 후에 또 꿈을 꾸었는데 젊은 여인과 여자아이가 나타나서 "네 자식들을 다 잡아가겠다"면서 발로 배를 걷어차더라는 이야기였다.

그 여인은 며칠 후 어머니를 모시고 왔는데 그 어머니가 하는 말이 "우리 영감이 젊었을 때 본부인인 내가 아이를 낳지 못해 첩을 한 명 얻었는데 그 여자가 곧바로 임신을 하게 돼 여자아이를 낳았지만 혹독한 난산으로 산모와 아이가 낳자마자 함께 죽었다"는 것이었다. 그러자 본부인과 남편은 주위의 체면과 집안의 불화 때문에 장례식도 치르지 않고 그들 모녀의 시신을 거적에 말아서 보리밭에 아무렇게나 묻었다는 것이다. 그리고는 지금까지 단 한번도 제사를 지내주지 않았다고 했다.

그런데 이상하게도 첩이 죽은 후 본부인이 태기를 느껴 자식을 낳게 되었는데 첫딸과 둘째 딸 모두 낳은 지 7일 만에 죽었으며 셋째 딸이 겨우 살아서 시집을 갔으나 잉태할 때마다 계속 유산이 되어 아직도 자식이 없다고 했다. 그 셋째 딸이 바로 문제의 젊은 여인이었다.

나는 그 어머니에게 "본부인이 첩을 너무 푸대접해 그 원혼이 한풀이를 하는 모양이니 늦게나마 천도를 해주고 진심으로 속죄하는 마음을 가져야 할 것"이라고 일러주었다.

그 후 소식을 들어보니 젊은 여인은 원귀의 악몽에서 벗어나 남자아이를 낳았으며 아이는 별 탈 없이 잘 자라고 있다고 한다. 그는 이야말로 천도된 원혼이 해탈하여 복덕을 내려준 것이라 하겠다.

- 묘심화 『자비정사 법사』 -

합장 잘못하여 줄초상

몇 해 전 9월 인천에 사는 44세 된 여인이 찾아왔다. 그 여인을 보는 순간 할머니 1명과 40대의 남자 3명의 영가가 서로 쇠사슬로 얽혀서 따라 들어오는 것이 보였다.

맨 앞에 따라오는 혼령을 보니 표독스런 노파의 모습이었는데 섬뜩하게 느껴졌다. 또한 무덤 속에 서로 얽혀 있는 남녀 3명의 시신도 함께 보였다. 나는 그 여인에게 이렇게 말했다.

"당신 집안에 전생의 악연을 맺은 원혼이 있어 그 동안 줄초상을 겪은 것이 틀림없소."

그랬더니 그 부인이 벌벌 떨면서 지난 일을 털어놓기 시작했다.

8년 전 시아버지가 고혈압으로 사망한 후 3년 뒤 시어머니가 암으로 죽어서 두 사람을 합장했다고 한다.

그 다음 해에 작은 시어머니(소실)가 화장실에서 쓰러져 사망했다. 이들 두 시어머니(본부인과 첩)는 생전에 서로 불화를 겪어 싸움이 그칠 날이 없었다. 소실에겐 아들 3형제가 있었는데 그들의 권고로 시아버지 내외와 함께 합장을 했다고 한다. 시아버지는 무덤 속에서도 본부인과 첩을 함께 거느린 셈이 됐다.

그런데 합장을 한 얼마 후 시어머니의 제삿날에 이상한 일이 벌어졌다. 제사를 지낸 후 49세 된 소실의 장남이 머리와 배가 아프다고 하며 화장실에 가더니, '으악'하고 외마디 소리를 내며 쓰러져 즉사했다. 그 이듬해 제삿날에는 둘째아들(46)이 형과 마찬가지로 상오 2시쯤에 사망했고 그 다음 해에는 42세의 막내아들마저 똑같이 죽었다. 그래서 시어머니의 제삿날에 모두 4명의 제사를 함께 지내게 됐다고 했다.

그런데 이번 제삿날에는 또 누가 사고를 당할 것인지 너무 두렵고 걱정이 앞서 나를 차자온 것이었다.

나는 "당신네 시어머니가 소실에 대해 원한을 품고 있어 그 자손들이 모두 흉사를 당하는 것이니 빨리 소실의 시신을 꺼내 다른 곳으로 이장하라"고 권했고 시어머니의 원혼을 달래주는 천도재를 함께 올리도록 했다.

가족들이 합의하여 천도재를 성대히 올린 후 경기도 파주의 공동묘지로 소실의 묘를 이장한 후 제삿날을 맞이했는데 며느리의 꿈에 시어머니가 나타나서 "이제는 내 뜻대로 되었느니라. 편안하다"면서 사라졌다고 한다.

이와 같이 생전에 깨닫지 못하고 간 영혼은 전생의 원한으로 죽은 후에도 마음 편할 날이 없으니 살아 생전에 원수 맺은 것은 모두 풀고 다음 생을 맞이해야 하지 않을까.

– 묘심화 『자비정사 법사』 –

케네디의 유령 "진범 잡아 줘"

64년 텍사스 댈러스에서 피살된 존 F 케네디 대통령은 미국 역대 대통령 가운데 '잊을 수 없는 대통령' 랭킹 1위이다. 그가 암살될 때 타고 있던 승용차에 지금도 종종 케네디의 유령이 나타난다고 해서 화제다. 이 유령은 듣는 사람이 소름끼칠 정도로 섬뜩한 신음소리를 내는 것이 특징이다.

가톨릭 신자였던 그의 유령을 진정시키기 위해 신부가 가톨릭 고유의 '위령미사'를 올렸지만 별다른 효과가 없었다. 마침내 앨런 제임슨이라는 LA의 유명한 심령술사가 나서서 죽은 케네디와의 '교신'에 성공했다. 그가 유령으로 나타나는 것은 민심을 현혹시키거나 미국을 찾아오는 외국 귀빈을 위협하기 위한 것이 아니라고 이 심령술사는 교신을 통해 말했다.

다만 카퍼레이드 도중 피살된 것도 억울하기 짝이 없는데 진범조차 잡히지 않은 것을 참을 수 없어 유령의 모습으로 항의하고 있다는 것이다.

죽은 아내의 유령을 겁내는 남편

내가 지방 도시인 오오마치로 출장 간 것은 으스스하게 추위가 느껴지는 어느 해 가을의 중순 경이었다. 나는 틀림없이 일요일 오후였다고 기억하고 있는데 30세 전후의 남성이 찾아왔었다.

"요즘 죽은 아내의 유령이 나타납니다……."

그는 사정을 다음과 같이 얘기해 주었다.

아내는 올 봄에 3살 된 여자아이를 남기고 병사했다. 어린 딸의 시중을 내 어머니가 하고 있었다.

홀몸이 된 나는 쓸쓸함을 견디다 못해 아내의 첫 우란분(盂蘭盆 : 불교에서, 하안거(夏安居)의 끝날인 음력 칠월 보름에 지내는 행사·아귀도(餓鬼道)에 떨어져 괴로워하는 망령을 위안하는 행사)을 끝낸 무렵부터 근무하는 회사의 여직원과 깊은 사이가 되었다. 어느 날의 일이었다. 그녀의 맨션을 찾아가 침대에 함께 누웠는데 머리맡의 불을 끄자 방 한 구석에 죽은 아내의 유령이 원망스러워 하는 얼굴로 서 있는 것이 보였다. 당연히 두려움으로 인해 무심코 큰 소리로 '으악'하고 소리쳐 버렸다. 한데, 곁에 누워 있던 그녀가 머리맡의 불을 켰을 때 아내의 유령은 이미 모습을 감추고 있었다.

"무슨 일이지요?"

나는 방 한구석을 가리키며 더듬거렸다.

"유령이 서 있었어, 저기에. 죽은 아내의 유령이⋯⋯."

"뭔가 착각하신 것 아니에요? 내게는 보이지 않았는데."

불을 끄자 그녀는 내 품에 안겨 왔지만 두려움으로 인해 욕정 같은 것은 일지 않았다.

그런데, 얼마나 지났을까. 이번에는 그녀가 큰 소리로 '유령이 있어요!'하고 소리치더니 천장 구석을 가리키면서 떨기 시작했다.

그 일이 있었던 뒤부터 그녀는 좀처럼 만나주지 않았지만 어느 날 가까스로 그녀를 설득시켜 러브호텔로 데리고 갔다. 호텔이라면 아내의 유령도 쫓아오지 못할 것이라고 생각했기 때문이었다. 하지만 유령은 그녀의 맨션에서와 마찬가지로 나타났다.

나는 아내의 1주기가 끝날 때까지 기다렸다가 그녀를 어린 딸의 새 엄마로서 맞고 싶었던 것이다 그것은 결코 성적인 욕망만을 채우려는 의도가 아니었다. 한데, 죽은 아내는 질투심 때문에 유령이 되어 나타나 그녀와의 사이를 떼어놓으려 하고 있는 것일까? 나는 그녀를 포기하지 않으면 안 되는 것일까? 그것이 바로 내가 묻고 싶은 것이다⋯⋯.

나는 주문을 외우고는 명상에 잠기며 망령을 불러냈다.

"저 세상의 부인에게 묻고 싶은데, 남편과 그녀와의 사이에 유령 모습으로 나타나는 이유가 뭐지요?"

그러자 망령이 슬픈 목소리로 대답했다.

"나는 어린 딸의 일이 걱정되어서 저 세상으로 가지 못하고 이 세상에서 떠돌고 있습니다. 질투심 때문에 나타나 두 사람을 위

협하고 있는게 아닙니다. 아버지의 귀가를 기다리고 있는 어린 딸이 가엾어서 빨리 돌려보내기 위해서였습니다. 내가 유령의 모습으로 나타나도 효과가 없다면 불쌍한 딸을 저 세상으로 데리고 가서 함께 살겠습니다."

"부인, 딸을 저 세상으로 데리고 가는 것 같은 일은 하지 말아 주십시오. 남편은 딸을 잊고 있는 것이 아니며, 그녀와의 사이도 외도 같은 것은 아니라고 생각합니다. 남편은 부인의 1주기가 끝날 때까지 기다렸다가 그녀를 아내로 맞고 싶다고 분명히 말하고 있습니다."

그러자 유령은 당황하며 빠르게 말했다.

"아, 그건 정말 몰랐습니다. 딸을 위해서라면 새로운 엄마를 빨리 만들어 주어야겠지요. 1주기의 기일을 앞당겨 그녀와의 결혼을 서둘러 달라고 전해 주세요. 제 마음을 남편에게 전해 주세요."

망령은 합장하면서 고개를 숙이더니 미소를 띠우며 모습을 감추었다. 고객에게 망령으로부터 들은 이야기를 그대로 전하자 그는 놀란 얼굴로 말했다.

"죽은 아내가 그렇게 말했습니까……? 알겠습니다. 아내의 마음을 알았으니 안심하겠습니다. 1주기를 앞당겨 딸에게 새로운 엄마를 맞게 해주겠습니다."

그의 말이 끝나기를 기다렸다가 나는 말했다.

"노파심에서 한 마디 말씀드리겠습니다. 그녀와 결혼한 후에 거리낌이나 쑥스러움 때문에 죽은 부인의 위패를 그녀의 친정에 맡기거나 해서는 안 됩니다. 지금까지와 마찬가지로 조석으로 잊지 말고 아내를 위해 빌어 주십시오. 만일 부인의 명복을 빌어주는 일을 잊게 되면 터무니없는 기괴한 사건이 일어날 것입니다."

"알겠습니다. 선생의 말씀대로 죽은 아내의 제사는 잊지 않겠습니다. 딸도 새로운 엄마가 생기니 기뻐해 줄 것입니다. 그런데 선생님 결혼 전에 그녀와 관계를 맺으면 또 유령이 나타날까요?"

"걱정할 필요 없습니다. 돌아가신 부인은 남편과 그녀의 일에 대해 이해해 주었으니 다시 유령 모습으로 나타나는 일은 없을 것입니다."

그날 밤 그 고객은 그녀를 데리고 다시 찾아왔다. 낮에 내가 그에게 했던 이야기를 그녀에게도 들려주었으면 해서였다. 망령이 되어 나타난 부인에게서 들은 이야기를 다시 한 번 해 주자, 그녀는 기뻐하는 얼굴로 말했다.

"이 분을 포기하지 않아도 되는군요. 이 분과 결혼하여 딸을 내가 낳은 아이로 생각하고 귀여워하겠습니다. 돌아가신 부인을 언니로 생각하고 제사는 제가 지내겠습니다. 저는 거듭되는 유령 소동 때문에 겁이 나서 이 분과의 결혼을 포기하고 있었습니다. 고맙습니다."

– 가토 신스케 (심령학자) –

밤중에 울음소리를 내는 토산 목각 인형

이 이야기는 대도시 오사카에서 사는 어떤 부인(32)의 공포체
험담이다.

가을에 지방의 모교 근처에서 여학교 동창회가 있었다. 그 때
귀여운 얼굴을 가진 목각 인형 하나를 선물로 사 왔다. 한데, 그
목각 인형이 깊은 밤이 되면 아기의 것과 같은 울음소리를 내는
것이다.

어느 날 밤, 다른 때와 마찬가지로 아기의 울음소리에 잠을 깼
다. 처음에는 환청일지도 모른다고 생각했다. 한데 바로 그 때 무
심코 목각 인형을 보니 목각 인형이 갑자기 탯줄이 달린 알몸뚱
이 아기의 모습으로 변했다.

오싹한 나는 황급히 눈을 감고 염불을 외웠지만 그래도 알몸뚱
이인 아기의 모습은 보였다. 잠시 후 아기의 모습은 어디론가 사
라지고 원래의 목각 인형만 남아 있게 되었는데, 그런 일은 그
날 하룻밤뿐만 아니라 계속해서 발생하고 있었다. 그런데도 남편
은 무관심한 반응을 보여 주고 있었다. 남편에게 얘기해도 진담
으로 들어주지 않았다.

내가 보니 그것은 젖먹이 영의 소행이었다. 젖먹이 영은 엄마

가 동창회 장소에서 선물로 목각 인형을 샀기 때문에 자기가 사랑을 받을 수 있으리라고 생각하며 기다리고 있었다. 그렇지만 좀체로 사랑을 받을 수 없었다. 그것이 슬퍼서 울면서 모습을 나타냈으며 엄마에게 저 세상으로 갈 수 있도록 부탁한 것이었다.

부인에게 물어보니 부득이하게 유산한 일이 한 번 있기는 한데 명복을 빌어 준적은 없다고 했다. 목각 인형이 늦은 밤에 울거나, 알몸뚱이의 아기로 모습을 바꾼 행위를 한 것은 바로 그것 때문이었다.

나는 책상 위의 메모 용지에 '낙태'라고 써서 부인에게 보였다.

옛날 깊은 산골의 농가에서는 생활고 때문에 아이를 유산시키는 일이 적지 않았다. 농가의 사람들은 결국 양심의 가책을 견디지 못해 부근의 목수에게 부탁해서 나무 인형을 만들어 먹물로 눈, 코를 그려 넣어 젖먹이 대신으로 생각하고 제사 지내 주었으며 제사가 끝난 후에 강물에 띄워 보냈다고 한다. 그 때 이용하던 인형이 어느 사이엔가 훌륭한 색체를 입힌 토산물이 되었다고 하는데, 그런 이야기를 하자 부인은 뺨에 한 줄기의 눈물을 흘리며 말했다.

"염치없게도 부모의 사정 때문에 낙태를 시키고, 명복도 빌어주지 않았던 것에 대해 더할 나위 없이 부끄럽게 생각합니다. 신으로부터 생명을 점지 받아 내 몸에 머물게 된 우리 아이의 생명을 빼앗아 낙태아로 만든 죄 때문에 두려워서 나는 떨고 있습니다. 어떻게 하면 젖먹이를 저 세상으로 고이 보내 줄 수 있을까요? 가르쳐 주십시오."

나는 목각 인형을 스님에게 가지고 가서 명복을 빌어 달라고 부탁하는 방법을 권했다.

"낙태아가 된지 10년이 지나지 않았다면 한번의 공양으로 저승으로 갈 수 있습니다. 하지만 그 이상이라면 한 번의 공양만으로는 부족하니 3일간 계속해 주십시오."

부인은 '반드시 그렇게 하겠습니다'라고 말했으며 조금 안심한 모습으로 돌아갔다.

- 가토 신스케(심령학자) -

죽은 모친의 영이 자기 아이를 불러들이다

규슈 지방에 사는 다시로 리스케(56세 가명)는 잠결에 눈을 뜨며 놀라지 않을 수 없었다. 어느 날 깊은 밤의 일이었다. 자고 있던 손자 A(5세)가 부시시 잠에서 깨어 일어나더니 벽의 초상화 앞으로 다가가,

"엄마, 어디 갔었어?"

하고 중얼거리며 달려들어 꼭 껴안는 것 같은 시늉을 하는 것이었다.

A는 잠시 동안,

"엄마, 엄마……."

하면서 기뻐하는 얼굴로 떠들고 있었는데, 이윽고 다시로 리스케 씨가,

"자라."

하고 말하자 다시 이불 속으로 들어가더니 잠들어 버렸다.

다음 날 아침, 다시로 리스케 씨는 지난 밤에 있었던 일을 얘기했는데 손자는 이상하게도 아무 것도 기억하지 못했다.

그런 기괴한 일은 그 후에도 가끔 일어나곤 했다. 하지만 그에게는 손자의 엄마인 며느리의 모습이 보이지 않았다.

A의 어머니는 반년쯤 전에 죽었다고 했다. 부부 사이는 좋았지

만 시아버지인 다시로 리스케 씨와 사이가 좋지 않아서 결국 이혼하게 되었으며, 친정으로 돌아간 지 반 년도 채 지나지 않아 자살했던 것이다. 또한 이런 일도 있었다. 어느 날 저녁때의 일이다. 뒤뜰의 연못 근처에서 놀고 있던 A가 갑자기 얼어붙기 시작하는 연못에 들어가더니,

"엄마, 연못은 추워, 안에서 놀자."

라고 말하는 것이었다. 뿐만 아니라 누군가의 손을 잡아끄는 시늉을 하며 툇마루로 올라갔다. 다시로 리스케 씨는 당황하며 손자의 젖은 옷을 벗기고 옷을 갈아입혔다. 그는 죽은 며느리가 손자를 물이 찬 연못으로 유인한 것일지도 모른다고 생각하고 있었다.

좀더 위험한 일도 있었다.

다시로 리스케 씨가 A의 손을 잡고 장을 보러 나갔을 때의 일이다. 횡단보도 앞에서 신호대기를 하고 있는데 A가 갑자기 손을 뿌리치더니 빠르게 달려오는 승용차 앞으로 뛰어나간 것이다. 위험하다고 생각한 순간 근처에 있던 젊은이가 뒤쫓아 가 데리고 와 주어서 사고는 생기지 않았는데 다시로 리스케 씨가 '위험하지 않니?'하고 꾸짖자 A는 못마땅해하는 얼굴로 투덜거렸다.

"그래도 엄마가 오라고 했는걸."

다시로 리스케 씨는 오싹하고 소름이 끼치는 것을 느끼며 부들부들 떨지 않을 수 없었다. 그는 잔뜩 겁먹은 얼굴로 나에게 말했다.

"며느리가 손자를 저 세상으로 데리고 가려고 하고 있는게 아닌지 자세히 조사해 주시기 바랍니다."

나는 영과의 대화를 시도해 본 결과 그녀가 아들 A에게 미련
이 남아 저 세상으로 가지 못했음을 알았다. 그녀는 시아버지와
의 불화가 원인이 되어 이혼하고, 아이도 빼앗긴 채 혼자 친정으
로 되돌아 왔지만 친정 부모들의 반대를 무릅쓰고 감행했던 결혼
이었기 때문에 거기서도 바늘방석 위에 앉아 있는 것 같은 기분
으로 하루하루를 보내야 했다. 그리고 결국 그 같은 괴로움을 견
디어 내지 못하고 자살했던 것이다.

　"죽어서도 아이를 잊지 못하고 아이를 만나고 싶어서 깊은 밤
에 아이를 깨우고 있습니다. 아이에게는 나의 모습이 보입니다.
아이를 저 세상으로 데리고 가고 싶어서 적신호의 횡단보도에서
아이에게 손짓을 하여 불렀습니다."

　그녀는 저 세상에서 아이와 함께 살고 싶어했던 것이다. 하지
만 그런 일은 막아야 했다. 나는 간곡하게

　"부인의 마음은 충분히 이해하지만 그것은 안됩니다. 아이는
신으로부터의 선물입니다. 당신의 아이일지라도 내 아이라고 생
각하는 것은 잘못이 아닐까요? 아드님을 진정으로 사랑한다면 아
드님과 함께 살겠다는 소망은 포기하고 고이 가셔야 하지 않겠습
니까?"

　이어서 나는 다시로 리스케 씨에게 말했다.

　"할아버지, 날씨가 좋은 날 손자를 데리고 며느리의 무덤에 가
서 사이가 좋지 않았던 고부 관계에 대해 진심으로 사죄하고 A
는 최선을 다 해 돌볼 테니까 안심하라고 말씀해 주시지요."

　밝게 웃는 얼굴을 되찾은 고객은 손자의 손을 잡고 돌아갔다.

　그로부터 2, 3일 후 그는 나를 찾아와 말했다.

　"이제 늦은 밤에 손자가 엄마를 찾으며 거니는 일은 없어졌습

니다. 손자에게 위험한 일도 일어나지 않게 되었습니다. 오늘은 눈도 내리지 않고 날씨가 좋았기 때문에 며느리의 무덤에 성묘하러 갔었으며 며느리와의 사이에 있었던 불화에 대해 진심으로 사죄하고 돌아왔습니다. 물론 손자도 이젠 엄마를 부르지 않게 되었습니다."

- 가토 신스케(심령학자) -

부엌에 죽은 전처가 ‥‥‥

츠시마 데츠야(34세 · 가명)와 가와시마 히데코(28세 · 가명)는 최근에 중매 결혼했다. 츠시마 데츠야 씨는 10개월 쯤 전에 교통사고로 부인을 잃었으며 마악 세 살이 된 딸 아이를 데리고 재혼했다.

츠시마 데츠야 씨가 재혼을 서두른 것은 아이가 있기 때문이었다. 남자의 손으로 아이의 시중을 드는 것은 대단한 부담이었다.

두 사람이 신혼여행에서 돌아와서 3일쯤 지난 깊은 밤의 일이었다. 물건이 떨어지는 큰 소리가 부엌에서 들려왔다. 히데코 씨는 황급히 이불을 걷어차면서 부엌으로 급히 달려갔다. 문을 연 순간 그녀는 깜짝 놀라며 무심결에 '앗!'하고 소리를 질러 버렸다. 어둠 속의 설거지 대 앞에 젊은 여자가 서 있었던 것이다. 캄캄한 부엌 안에서 젊은 여자의 모습만은 또렷하게 보였다.

그 여자는 이윽고 히데코 씨 쪽으로 얼굴을 돌렸는데, 긴 머리를 흩뜨리며 기분 나쁘게 빙긋 웃었다. 히데코 씨는 소름이 끼쳤다. 하지만 그런 와중에서도 필사적으로 입구에 있는 스위치를 누르자 주위는 화악 밝아졌는데 설거지 대 앞에 서 있던 젊은 여자의 모습은 사라지고 없었다. 히데코 씨는 직감적으로 그 젊은 여자는 유령일 것이라고 생각했다.

한데 이상하게도 물건이 떨어지는 큰 소리가 났는데도 불구하고 주위에는 아무 것도 떨어져 있지 않았다. 히데코 씨는 마치 무서운 꿈이라도 꾸고 있는 것 같은 기분이었다.

히데코 씨는 기괴한 사건에 대해 남편에게는 얘기하지 않았다.

그런데 다음 날 밤에도 같은 일이 부엌에서 일어난 것이다. 그녀는 어쩔 수 없이 이틀씩이나 계속해서 일어난 기괴한 사건에 대해 남편에게 얘기했다. 그러자 그는,

"기분 탓이야. 유령 따윈 이 세상에는 없어요."

라고 대꾸하며 재미있다는 듯이 크게 웃었다.

바보 취급을 당한 것 같다고 느낀 히데코 씨는 약간 볼멘 얼굴이 되면서 다시 말했다.

"하지만 원피스의 흰 바탕에 박힌 커다란 해바라기 꽃모양까지 분명히 보았다고요. 그리고 뒤돌아 본 그 유령의 얼굴은 갸름하고 무척이나 아름다웠어요."

그러자 데츠야 씨의 얼굴은 갑자기 새파래졌다. 그는 뛰어가듯이 자신의 방으로 가더니 1장의 사진을 가지고 되돌아왔다. 그것은 죽은 전처의 사진이었다. 히데코 씨가 늦은 밤의 어둠 속에서 본 것과 같은 원피스 차림의 모습이 찍혀 있었다.

"이 옷은 그녀의 마음에 들어서였는지 자주 입었지. 사고를 당했을 때도 이 원피스를 입고 있었어…."

히데코 씨가 본 유령은 남편의 전 부인이었던 것이다.

"죽은 아내가 유령이 되어 나타났다니 믿을 수 없군. 오늘 밤에 내게도 좀 보여 줘."

그는 그제서야 아내의 이야기를 믿는 것 같았다.

그 날 밤도 늦은 시간에 부엌에서 물건이 떨어지는 큰 소리가

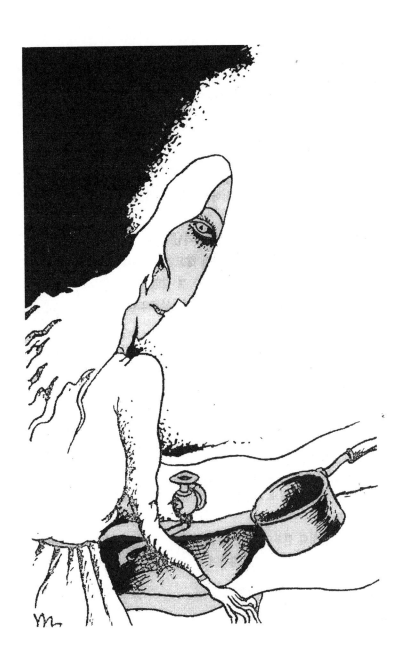

났다. 히데코 씨는 남편을 흔들어 깨워 함께 부엌으로 갔다. 살짝 문을 여니, 그 곳에는 히데코 씨가 이틀 밤 동안이나 계속해서 본 광경이 있었다. 두려워진 그녀는 남편에게 꼭 달라붙었다.

그런데 남편은 이렇게 말하는 것이었다.

"아무것도 보이지 않는데?"

"저기요, 설겆이대 앞에 서서 이쪽을 보고 있잖아요."

그녀는 유령을 가리켰지만 남편에게는 보이지 않는 것 같았다.

나에게 찾아온 히데코 씨는 머리를 갸우뚱하며 말했다.

"선생님, 돌아가신 부인이 어째서 유령이 되어 나타났을까요? 그것을 조사해 주시기 바랍니다."

내가 알아 보니 그 집의 부엌에 나타난 유령은 역시 데츠야 씨의 전 부인이었다. 1주기의 기일도 기다리지 않고 재혼한 남편이 미워서 나타난 것이었다. 히데코 씨에게 원한은 없는 것 같았지만 내쫓고 싶어서 물건 떨어지는 소리로 부엌으로 유인해 유령의 모습으로 어둠 속에서 나타나 위협하고 있었던 것이다.

더욱이 괘씸한 것은 데츠야 씨가 히데코 씨에게 미안해서였는지 전부인의 위폐를 친정에 맡겨 버렸으며 명복을 빌어 주지도 않았던 것이다. 전부인의 입장에서 보면 생전에 매우 금술이 좋았던 만큼 죽은 순간에 손바닥을 뒤집힌 기분이 되었을 것이다.

나는 히데코 씨에게 1주기의 제사를 앞당겨서 하고 위폐도 찾아와 한 지붕 아래에 모시고 아침, 저녁으로 가족들이 모두 명복을 빌어 주라고 지시했다. 그것과 아울러 전 부인이 낳은 아이를 친아이로 생각하고 기를 것도 덧붙였다. 그렇게 하면 전부인이 유령이 되어 나타나지는 않게 될 것이니까.

그 부부처럼 전부인, 혹은 남편의 1주기를 기다리지 않고 재혼하는 경우에는 유령에게 시달리는 경우가 적지 않다.

- 가토 신스케(심령학자) -

잠이 깨자 젖먹이 영이······

다져진 보도의 눈이 녹기 시작했을 무렵이었다. 나는 그 때 볼 일이 있어서 히로시마 부근에 머물고 있었는데 어떤 중년부인이 찾아와 물었다.

"기괴한 사건이 늦은 밤에 일어납니다. 그 뿐만 아니라 막내딸이 그 무렵부터 불량스럽게 변해 경찰에 연행되었습니다. 기괴한 사건과 딸의 비행과는 뭔가 상관관계가 있는 것이 아닐까요?"

그녀의 말에 따르면 늦은 밤에 아기 울음소리가 들리기에 잠을 깨고 보니 가슴 위에 탯줄이 달린 알몸뚱이의 아이가 타고 있었다는 것이다.

"어둠 속에서 알몸뚱이 아기의 모습만 또렷이 보이는 겁니다. 머리맡의 불을 켜자 모습을 감추었는데 꿈도 환각도 아닙니다. 그런 일이 종종 일어나는 겁니다."

그리고 그 무렵부터 막내딸이 나쁜 길로 치닫기 시작했다고 한다.

나는 그것이 젖먹이의 영의 소행일 것이라고 했다. 실례라고 생각하면서도 그녀에게 과거에 유산을 한 적이 있는지 물었다.

"네······. 남자아이를 갖고 싶었지만 딸만 셋이나 낳았습니다. 때문에 남자아이와는 인연이 없다고 포기하고 그 후 3번이나 아

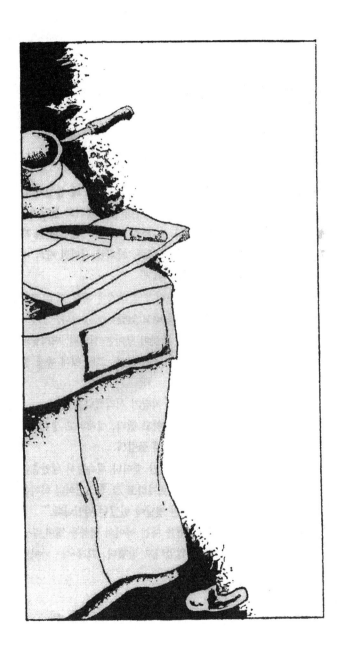

이를 유산시켰어요. 하지만 벌써 10년도 더 된 옛날에 있었던 일입니다."

좀더 구체적으로 묻자, 처음에 유산했을 때는 아이의 명복을 빌어 주었지만 나머지 두 번은 아무것도 하지 않았다고 말했다. 그래서는 아이가 저승으로 갈 수 없다.

젖먹이의 영은 10년 이상이나 이 세상의 떠돌면서 엄마가 자기의 명복을 빌어 줄 것을 기다리고 있었던 것이다. 그런데도 아무것도 받을 수 없었기 때문에 늦은 밤에 젖먹이 유령의 모습으로 나타나 명복을 비어 달라고 호소하고 있었던 것이다.

그런데 그랬음에도 불구하고 소망이 이루어지지 않자 젖먹이영은 결국 막내딸에게 씌워서 그녀가 나쁜 짓을 하도록 했으며 그로 인해 엄마가 걱정하도록 만들었던 것이다.

현행의 법률에서는 합법화되어 있지만 낙태는 아이의 생명을 빼앗는 살인행위가 아닐까? 현세에서는 그 죄에 대해 문책 당하지 않더라도 그같은 행위가 거듭되면 저승에서는 지옥에 떨어질 것이다.

낙태아의 영이 저승으로 못 가고 이 세상에서 떠돌며 성령이 되어 아기의 울음소리를 내거나 유령이 되어 나타난 실화는 수없이 있다. 그 중에서도 가장 곤란한 경우는 죄도 없는 형제에게 신이 붙어서 나쁜 일을 저지르게 하여 모친을 난처하게 만들어 괴롭히는 것이다. 제사를 지내주지 않은 낙태아에게 씌운 형제자매야말로 불쌍한 희생자들이다.

낙태아의 영들 중에는 10년이나 20년 동안이나 느긋하게 모친이 명복을 빌어 주기만을 기다리고 있는 경우도 있다. 그래도 명복을 빌어 주지 않으면 화가 나서 재앙을 주는데 그것을 낙태아의 영이 저지르는 것이라고 깨닫는 사람은 거의 없다.

                              - 가토 신스케(심령학자) -

9.
재미 있는 음식 이야기

새해 아침에 먹는 음식들

새해 아침, 세계의 사람들은 어떤 음식을 먹으며 한 해를 소망할까? 우리나라에선 엄숙하고 청결해야 한다는 듯에서 흰 가래떡으로 떡국을 끓여먹는데, 나이 하나를 더한다는 의미에서 '첨세병'이라고도 했다. 정초에 마시던 술은 '도소주'라고 해서 일년 동안의 사악한 기운을 없애 오래 살기를 기원했다.

이웃 일본에서는 찹쌀로 빚은 가가미 모찌와 야채를 넣은 된장국 즉 '조니'라고 하는 떡국을 먹는다. 그리고 검은콩, 설탕에 절인 밤, 생선회, 연근, 멸치 조림, 찐새우 등을 찬합에 보기 좋게 담는 '오세치 요리'를 먹는데, 검은콩은 근면과 성실, 새우는 장수, 마른 멸치는 풍작, 연근은 연뿌리에 난 구멍처럼 미래를 내다볼 수 있는 눈을 갖게 해 달라는 기원이 담겨 있다. 찬합에 한꺼번에 음식을 해 놓기 때문에 새로 음식을 만들 필요가 없다. 술은 약초로 만든 소주 '토소'를 마시는데 악한 기운을 물리친다는 의미에서다.

땅덩어리가 큰 중국은 지역에 따라 명절음식이 다르다. 설날 아침 북쪽지방에서는 물만두를 먹고, 남방 사람들은 중국식 떡을 먹지만 모두 일년 내내 좋은 운세를 바라며 먹는 음식이다. 그런데 설날 만두에는 특별히 돈을 많이 벌라고 속 재료로 동전을 넣는다. 이외에도 달콤하게 살라고 '사탕'을, 득남하라는 뜻에서 '땅콩'을, 승진하라고 '찹쌀떡'을 넣기도 한다. 떡이라는 중국말이 승진을 의미하는 단어와 발음이 비슷하기 때문이다. 또 풍요의 의미가 있는 '위'라고 불리는 생선 반찬이 빠지지 않으며 넉넉한 한 해가 되길 기원하는 의미에서 이 날 만큼은 음식을 남기도록 한다.

  홍콩사람들은 닌꼬우라는 떡과 생선, 금귤 세 가지 음식을 준비하며, 또 결혼하지 않은 사람은 설탕에 조린 연근을 먹는데 이걸 먹으면 배우자를 찾도록 도와준다는 설이 있기 때문이다. 베트남에선 돼지고기와 오리알을 불에 구워 먹는다. 그리고 집집마다 반드시 수박을 준비하는데 수박을 잘랐을 때 빨갛게 익었으면 한 해 동안 다복하다고 믿었다. 오스트리아에선 낱알아 작은 곡식으로 만든 음식이나 비늘을 떼지 않은 생선을 통째로 먹으면 복을 받는다고 믿는다. 또 이탈리아에선 섣달 그믐날 밤부터 새해로 만찬이 이어지는데 녹두를 넣어 요리한 음식과 발톱까지 보이는 돼지족발 요리가 빠지지 않는다. 이걸 먹어야 부자로 산다고 믿기 때문이다. 전통적으로 덴마크인들은 고등어를, 독일인들은 잉어를, 멕시코에선 특별히 포도 12알을 먹는데 1년 열두 달을 의미하는 12알의 포도를 먹으면서 새해의 소원을 빈다.

먹을거리만큼 다양한 이름

　겨울은 명태가 맛있는 계절이다. 찬바람이 부는 날, 무와 호박, 두부를 송송 썰어 넣고 얼큰하게 끓인 명태찌개 하나면 어른 아이 할 것 없이 모두가 좋아하는 푸짐한 저녁상이 마련된다. 명태는 버리는 것이 하나도 없는 생선이다. 알로는 명란젓을 담고 내장으로는 창란젓을, 귀세미로는 귀세미젓을 담는다. 고니는 찌개나 국에 넣으면 맛있고, 눈알은 구워서 술안주로 먹는다.

　조선시대 때 함경북도 명천을 지나던 관찰사가 처음 먹어 보는 생선 요리가 무척이나 맛있고 담백하여 그 이름을 물으니 모른다고 하자. 명천 지방의 '명'자와 생선을 올린 어부의 성인 '태'자를 따서 그 생선을 '명태'라고 불렀다는 이야기가 전해진다.

　그런데 명태만큼 이름이 많은 생선도 드물다. 금방 잡아 싱싱한 명태는 생태라 하고, 얼린 것은 동태다. 가장 잘 잡히는 함경남도 지방에서는, 은어떼가 오고 난 뒤에 명태가 따라온다고 해서 '은어바지'라 부르고, 음력 섣달 초손부터 떼지어 온다고 해서 '섣달바지'라고도 했다. 말린 명태를 일컫는 북어(北魚)는 북쪽에서 잘 잡힌다고 해서 붙여진 이름이다.

　바닷바람에 말리기 때문에 질기고 딱딱한 북어와는 달리, 눈과 바람이 많은 대관령, 진부령 등의 산간지방에서 밤에는 꽁꽁 얼어붙고 낮에는 햇볕에 녹기를 몇 개월동안 반복하면서 말린 황태는 살이 부드럽고 맛이 좋다. 꼬리 부분을 꺾었을 때 '딱' 소리가 나면서 부러지는 것이 질 좋은 황태다. 명태를 약 15일 간 꾸들꾸들한 상태로 말린 것이 '코다리'인데, 네 마리씩 코를 꿰어 판다고 하여 '코다리'란 이름이 붙여졌다. 또한 명태의 새끼를 말린 것이 술안주로 즐겨먹는 '노가리'이다.

대구과에 속하는 명태는 모양이 대구와 비슷하나 크기가 훨씬 작고 날쌔게 생겼다. 명태는 차가운 물 속에서 사는 냉수성 어류로 바닷물 온도가 섭씨 2~4도 저도 되는 곳을 가장 좋아한다. 북태평양의 베링해와 오오츠크해, 우리나라의 함경남북도와 강원도, 경상북도 근처의 바다에서 잘 잡힌다. 최근 들어 이상고온 현상이 계속되면서 동해안의 수온이 높아져 명태가 잘 잡히지 않는다고 한다. 또한 70~80년대에 명태새끼인 노가리를 마구잡이로 포획했던 것도 동해안에 명태가 귀하게 된 원인 가운데 하나로 꼽힌다.

명태는 고단백, 저칼로리, 저지방 생선이라 소화력이 약한 어린아이와 노인들에게 특히 좋으며 다이어트에도 도움이 된다. 특히 명태의 간유에는 비타민 A가 대구보다 세 배나 많이 들어 있는데, 옛날부터 겨울철에 명태를 많이 먹으면 눈이 밝아진다는 말이 있었다.

초콜릿의 비밀

◎ 초콜릿은 현대의 것?

초콜릿의 역사는 무려 3,000년 전으로 거슬러 올라간다. 카카오 나무를 재배하던 멕시코의 아스텍족이 1500년께 유럽에 알려지면서 초콜릿도 함께 유입됐다. 프랑스에서 제일 먼저 가공됐으며, 나폴레옹 1세는 전장에서 잠이 깬 상태를 유지하기 위해 초콜릿 가루를 우유에 타서 마시기도 했다. 2차대전 때는 군인의 식량에 포함될 만큼 피로회복 식품으로 쓰였다.

◎ 초콜릿을 먹으면 중독된다?

과학적으로 근거없는 말이다. 초콜릿에 함유된 중독 성분은 지극히 소량. 몸무게가 60킬로그램인 성인이 하루에 11킬로그램의 초콜릿을 먹어야 비로소 중독된다는 계산이 나온다. 반면 블랙 초콜릿은 콜레스테롤을 낮춰주고, 카카오의 폴리테놀 성분은 인체 내의 혈맥을 보호·구성해서 심장·혈관 장애를 예방하는 데 도움이 된다.

◎ 초콜릿의 최고 몸값은?

유럽에서는 카카오의 질에 따라 1킬로그램에 100만원에서 수천

만원의 몸값을 자랑하는 초콜릿 작품을 흔히 볼 수 있다. 영국 왕실에서 먹는 초콜릿 케이크의 가격이 1,800만원 이상이라고 하니 유럽인들이 초콜릿에 쏟는 애정과 정성은 타의 추종을 불허한다.

◎ 나라마다 맛이 다르다?

프랑스와 벨기에 사람들은 쓰고 신맛이 강한 다크 초콜릿을 즐긴다. 네덜란드와 영국에서는 캐러멜 향의 달콤한 초콜릿이 잘 팔리며, 우유산업이 발달한 스위스에서는 밀크 초콜릿이 인기다.

"음악 듣고 컸어요"

　음악이 엄마 뱃속에 있는 아기들에게 좋다고들 하는데, 음악을 들으며 행복하게 탄생하는 비스킷도 있다.

　지난 2003년 2월 5일 오후 전북 전주시 팔북동 (주)훼미리식품 공장 3층 숙성실. 공장 안으로 들어서자 밀가루 반죽이 발효되는 시큼한 냄새와 함께 김영동의 '영혼의 피리' 연주곡이 울려 퍼지고 있었다.

　OEM(주문자상표부착) 방식으로 해태제과의 발효 비스킷 '아이비'를 생산하는 이 공장은 일반 비스킷 고장과 다른 점이 있다. 이른바 '음악 숙성 촉진법'이다.

　'비스킷 공장에 웬 클래식 음악?'이냐고 하겠지만, 이 비스킷 공장 사람들은 밀가루 반죽에 음악을 들려주면 비스킷 맛도 훨씬 좋아진다고 굳게 믿고 있다. 일반 비스킷과 달리, 밀가루 반죽을 숙성시켜 특유의 풍부한 맛을 내는 '발효 비스킷'은 음악을 틀어 놓으면 반죽 내부의 미생물과 유산균이 음악을 듣고 훨씬 활발하게 활동한다는 것.

　40여평 크기 숙성실 내부에는 12와트짜리 대형 스피커 2개가 설치돼 있었다. 드럼통 만한 발효조 10여 개에는 밀가루와 유지·맥아분말·이스트 등의 배합이 끝난 밀가루 반죽이 '우아하게' 음악을 들으며 '익어가고' 있었다. 벽면에는 쇼팽의 '빗방울 전주곡', 바흐의 'G선상의 아리아', 모차르트의 '라르고', 보케리니의 '아침기분' 등 해태제과가 '엄선한' 발효숙성 촉진 음악 16곡의 곡목이 붙어 있었다.

김만순 공장장은 "숙성이 잘 된 비스킷일수록 쪼개 보았을 때 내부 결이 곱다"며 "음악을 들려준 뒤로 비스킷 결도 좋아지고, 그만큼 맛도 부드럽게 느껴진다."고 말했다. 음악 외에도 숙성실은 온도 26℃, 습도 76퍼센트를 일정하게 유지, 반죽 내부 이스트(효모균)과 유산균이 잘 증식되도록 하고 있다. 생산지원팀 박봉수 과장은 "음악을 들려주면 반죽 내부 이스트와 유산균 증식이 2. 5~8배까지 증가하는 것으로 조사됐다"고 주장했다.

음악을 들으며 발효 과정을 거친 밀가루 반죽은 비스킷 형태로 납작납작하게 '성형'(몰딩) 수술 받은 뒤, 대형 오븐에 들어가 4분간 뜨끈하게 구워진다. 이 곳에서 생산되는 아이비 비스킷은 하루에 58g 짜리 소포장 제품 28만 8000여개. 전부 듬악을 들으며 태어난 비스킷이다.

해태제과는 지난 2000년부터 발효 숙성법을 연구했다. 발효 비스킷 특유의 입안에 남는 '신맛'을 없애는 방법을 연구하던 끝에 음악 숙성법으로 눈을 돌린 것. 음악이 동물뿐만 아니라 식물과 미생물에게까지 영향을 미친다는 점에 착안했다. 미생물은 청각기관이 없어서 음악을 직접 들을 수가 없다. 대신 발효조에 전달되는 진동은 느낄 수 있다. 그래서 해태제과 식품연구소는 미생물이 음악을 '들을' 수 있도록 음파를 증폭해 발효조에 '진동'으로 전달하는 장치를 개발했다. 한마디로 음악을 '듣고' 만들어진 비스킷이 아니라 음악을 온몸으로 느끼고 태어난 비스킷인 셈이다.

밀가루 반죽에 들려주는 음악은 주로 클래식 음악이다. 식품연구소 전성일씨는 "클래식·명상·태교 음악의 주파수 범위가 넓어 미생물 발효에도 큰 영향을 미친다."고 말했다. 음악을 들려준 밀가루 반죽은 제품 맛과 향을 좌우하는 젖산과 초산의 양이 늘어나고 좋지 않은 신맛은 줄었다는 식품연구소 조사 결과도 있다.

좀더 맛있고 품질 좋은 식품을 생산하려는 노력은 전 세계 식품업계에 공통된 현상이다. 식품 제조 과정에서 음악을 이용하는 사례는 비단 비스킷에만 있는 게 아니다. 한우 육질(肉質)을 좋게 하려고 축사에 음악을 틀어놓는가 하면, 일본에선 젖소에게 음악을 들려주면 착유량이 최대 24퍼센트까지 많아진다는 연구가 연구 보고서까지 나왔다. 미국과 캐나다에선 작물을 재배할 때 음악을 들려줘 비료를 절감한 사례도 있다. 일본에선 미소된장을 만들 때 음악을 들려주기도 한다.

한지영 해태제과 식품연구소장은 "음악이 식품 내부 미생물에 미치는 생체 활성 효과는 기대 이상이었다."며 "국내 과자 시장에서 음악을 통한 미생물 발효 기술이 '차세대 제과 산업'에 크게 이바지할 수 있을 것"이라고 말했다.

- 『조선일보』에서 발췌 -

만두를 발명한 사람은?

만두는 제갈량이 사람의 생명을 아끼기 위해 기지를 발휘해서 만든 것이라고 전해진다.

당시 서남 지방의 소수 민족은 머리를 제사에 써서 전승을 기원하는 야만적인 관습을 가지고 있었다. 남정 이래 한족과 소수 민족간에는 친선이 유지되고 있기는 했지만 소수 민족은 자기들 전래의 관습을 고수하려는 경향이 강했다.

그들의 관습 가운데서 제갈량을 가장 곤혹스럽게 만든 문제는 제사를 지낼 때마다 마흔아홉 명의 머리를 귀신에게 바쳐 재앙을 물리치고 복을 내려달라고 비는 행사였다. 그들의 풍속 습관을 웬만하면 존중해 주려고 했지만 아까운 생명이 한번에 49명이나 희생되는 이 관습만은 도저히 그냥 둘 수 없었다.

그 당시의 소수 민족은 승상 제갈량에 대한 존경심이 대단했다. 그래서 그들의 관습을 바꾸는데도 영향력을 발휘할 수 있었다.

어느 날 소수 민족의 지도자 맹획(孟獲)이 찾아와서 제사가 있으니 구경을 가자고 했다. 그래서 승상은 소고기·양고기·쌀로 빚은 술 등의 주례품을 가지고 제사를 구경하러 갔다.

사람들은 일제히 불을 밝혀 들었고 제사를 주도하는 무당들은 노래를 부르면서 미친 듯이 춤을 추기 시작했다. 의식은 점점 절정에 달했다. 제갈량도 빙그레 웃는 낯으로 맹획 등의 지도자와 담소하고 있었다. 그러나 속으로는 조마조마해하고 있는 가운데 드디어 살인 장면이 연출되는 순서가 왔다.

마흔 아홉 명의 무당이 제각기 시퍼렇게 간 칼날을 번뜩이며 춤을 추고 있는 가운데, 그 날 희생될 마흔아홉 명의 아이들이 겁에 질려 끌려 나왔다. 무당들이 칼을 들어서 각기 아이들의 목을 치려는 순간 제갈량은 '잠깐!' 하고 소리쳤다. 일순간 의식장에서는 정적이 흘렀다. 승상의 입에서 무슨 분부가 나올 것인지 모두 숨을 죽이고 기다리고 있었다. 승상은 마음을 가다듬더니 미간을 한 번 찡그리고는

"과거에 양쪽 군사가 다투던 때도 있었지만 지금은 우리 모두가 한 집안처럼 지내고 있소이다. 앞으로도 자손 만대에 걸쳐 이같은 우호 관계가 계속되어야 하겠소이다. 그래서 귀신에게 올릴 더 좋은 공양물을 여기 준비해 가지고 왔소이다. 저기 있는 수레에 실려 있는 것이 우리가 준비해 온 공양품이오." 하면서 말을 마치더니 바로 마흔아홉 명의 아이들을 풀어주었다. 사람의 머리보다 좋은 제물이라니 그것이 무엇일까 하고 그들은 궁금해하고 있었다. 소고기·양고기·쌀로 빚은 술·밀가루를 내리게 하더니 승상은 밀가루를 쌀술로 반죽하라고 일렀다. 그리고는 직접 그의 아내 황 씨 부인이 고안한 기구를 꺼내 고기를 다지고 버무려 사람의 머리 모양으로 만두를 빚었다. 단번에 마흔 아홉 개가 만들어졌다. 그것들을 솥에 넣어 찌게 했다. 다 쪄진 것을 꺼내 놓았더니 술 향기·고기 향기·밀가루 향기가 어울려 입맛을 자극했다. 승상은 그것들을 제사상 위에 올려 놓고는,

"신령들이시여! 이것을 흠향하시고 우리의 재앙을 쓸어가고 대

신 복을 내려 주사이다."

하고 빌었다.

그 후부터 만두가 사람의 머리를 대신해 재물로 쓰이게 되었다. 그래서 처음에는 만두(蠻頭:蠻族의 머리)라고 불리다가 후에 만두(饅頭)로 고쳐 불리게 되었다고 한다.

10.
흔하지 않은 이야기들 ❷

'2006년 핵전쟁' 성경 예언

'2006년에 핵전쟁이 일어난다.'

미국 주간지 『선』 최근호는 성경
연구가인 마이클 드로스닌이 자신의
책 『성경의 암호Ⅱ : 초읽기』에서
2006년에 핵전쟁이 일어나 '최후의
날'을 맞는다는 예언이 성경에 숨어
있다는 주장을 했다고 보도했다.

마이클 드로스닌은 미국 일간지
『워싱턴 포스트』와 『월스트리트저
널』에서 기자로 활동하고 있으며 10년 전부터 성경에 숨겨진 의
미를 연구하고 있다.

그는 성경을 대각선 방향으로 읽어 발견되는 단어들을 조합해
속뜻을 유추하는 방법을 쓰고 있다. 드로스닌은 "3,000년 전에 만
들어진 성경에 놀라운 내용들이 포함돼 있다"며 "9·11 테러는
물론 '종말'에 대한 내용도 있다"고 말했다.

O 원자폭탄 대학살
드로스닌은 유대교 경전인 '토라'에 암시돼 있는 '최후의 날'에

대한 내용이 성경에 나와 있다고 언급했다. 그는 "성경에 '세계대전' '원자폭탄 대학살' '5766'이라는 문구가 있다"며 "'5766'은 고대 국가인 헤브르의 달력으로 5766년을 뜻하며 지금의 2006년에 해당한다."고 말했다. 따라서 2006년에 핵전쟁이 일어날 것이라는 주장이다. 그는 "'샤론(Sharon)' '아라파트(Arafat)' '부시(Bush)' 등 현재 이스라엘, 팔레스타인, 미국의 지도자 이름이 '최후의 날'과 관련돼 성경에 적혀 있다"고 덧붙였다.

O 오사마 빈 라덴

오사마 빈 라덴의 이름은 성경의 창세기에서 찾을 수 있다. 드로스닌은 "'창세기'를 대각선으로 읽다 보면 9·11 테러 상황을 암시한 내용이 있다"며 "'죄악, 빈 라덴의 범죄' '도시와 건물' '그들은 아궁이에서와 같이 땅에서 연기가 피어오르는 것을 봤다' 등의 문구를 발견할 수 있다"고 말했다. 그는 "창세기의 문구를 보면 빈 라덴은 결국 잡힐 것"이라고 설명했다.

O 세균 전쟁

드로스닌은 "빈 라덴이 체포된다고 해서 테러가 끝나는 것은 아니다"고 주장했다. 그는 "성경에 '빈 라덴 그 후'라는 문구기 있다"며 "아직 테러가 끝난 것이 아니다"고 강조했다. 드로스닌은 "'테러리즘' '전염병' '뉴욕' '예루살렘' '텔아비브' '천연두' 등의 문구가 발견된다"며 "미국에서 일어났던 '탄저균 편지 테러'는 전 세계로 세균 전쟁이 확산되는 것의 전주곡"이라고 말했다.

귀신이라니

"스님 제가 빙의(憑依)된 것 같습니다."

축구스타 안정환의 어머니 안모 씨(45)의 충격적인 고백이다. 안 씨는 최근 한 스님에게 "빙의된 것 같다"는 내용의 편지를 보냈다. 빙의는 억울하게 죽은 귀신이 사람의 몸에 붙어 다니는 것을 일컫는다. 최근 중견 탤런트 김수미 씨가 이 빙의 때문에 치료를 받은 적이 있어 종교계는 더 이상 빙의가 '믿거나 말거나' 식의 무속이 아닌 현실의 신령술이라고 주장한다.

빙의에 대한 경각심을 일깨우기 위해 이 스님은 지난해 말 『빙의』라는 책을 출간했다. 안 씨는 교도소에서 이 책을 본 후 책 내용에서 밝힌 것과 자신의 증상이 너무나 똑같아 출판사 관계자를 통해 스님에게 편지를 보냈다. 스님과 출판사 관계자는 안 씨의 명예를 고려해 편지는 공개하지 않았다. 대신 편지 내용은 상세히 설명해줬다. 안 씨가 편지를 보낸 스님은 서울 종로구 구기동 자비정사 묘심화 스님이다. 이 스님은 귀신이 씌인 중견 탤런트 김수미 씨를 최근 완치해 준 화제의 인물이다.

지난 2003년 3월 31일 오후 일간 『굿데이』 기자와 단독으로 만난 묘심화 스님은 안 씨가 편지에서 밝힌 증상을 종합적으로 판단할 때 빙의가 확실하다고 주장했다. 편지에 따르면 안 씨는 꿈만 꾸면 개와 놀든가 아기를 업고 다니고, 죽은 영혼이 붙어다녀 불안하고 초조해 불면에 시달렸다. 독실한 불교신자였던 안 씨는 절을 찾아 불공을 드렸다. 하지만 특별한 증상이 없음에도 몸은 아팠고 증상은 갈수록 악화됐다. 안 씨는 5년 전부터 이러한 증상과 악몽에 시달렸다.

이로 인해 거의 매일 불면의 밤을 보냈다. 이 불면 때문에 놀음에 빠졌다는 것이다. 안 씨는 밤새워 고스톱을 치면 몸이 녹초가 돼 잠을 푹 자며 악몽을 꾸지 않는다고 말했다. 그러나 빙의의 특징이 한번 붙은 귀신은 떨어지지 않는다는 것이어서 계속 안 씨 주변을 맴돌며 괴롭혔다. 결국 안 씨는 도박과 절도에 빠졌고 급기야 구속되는 아픔을 맛봤다.

묘심화 스님은 "안 씨는 이러한 빙의 증상으로 인해 아들과도 서운한 관계가 됐다. 그러나 안 씨가 가장 바라는 것은 아들과의 화해"라며 "아들도 이런 어머니의 심정을 이해해 주었으면 한다."고 전했다.

스님은 "안 씨 주변에 맴도는 귀신을 쫓아내기 위해 매일 기도 드리고 있다"며 "지난 29일에는 빙의 처방비법을 담은 불경을 보내줬다"고 밝혔다. 스님은 "불경 『고왕경』을 1만 1,000번 읽으면 빙의가 사라진다"며 "안 씨에게 100일 동안 하루 110번씩 『고왕경』을 암송할 것을 당부했다"고 말했다. 묘심화 스님은 또 "안 씨는 편지에서 자신의 생년월일까지 적어 보냈다. 안 씨의 사주를 빼보니 귀신이 붙을 팔자는 아니다"고 진단했다.

스님은 "안 씨를 위해 3일 천도재(죽은 이의 영혼을 천당으로 인도해주는 의식)를 지낼 예정"이라고 밝혔다. 스님은 "안 씨에게는 남자 귀신이 붙어있어 천도재만 잘 지내면 증상이 많이 호전

될 것이라고 말했다. 안 씨가 빙의의 터널을 벗어날 지 귀추가
주목된다.

안정환 어머니 위한 천도재
'귀신아 썩 물렀거라.'

최근 빙의(憑依)됐다고 호소했던 안정환의 어머니 안모 씨(46·수감
중)에 대한 천도재가 4월 3일 서울 종로구 구기동 자비정사 법당에서
열렸다. 천도재는 죽은 이의 영혼을 천당으로 보내기 위해 치르는 불교
의식이다.

이 날 천도재는 안 씨의 딱한 편지를 전해 받았던 자비정사 묘심화
스님이 자비로 거행됐다. 천도재는 묘심화 스님과 무형문화재 영산제
보존회 50호인 선광·현성·해사 스님 등이 맡았다. 이들은 지난 1월
초 작고한 가수 조용필(53)의 아내 안진현 씨(54)의 천도재를 지냈던 스
님들이다.

일반인들의 눈에는 귀신이 보이지 않았지만, 이 스님들은 안 씨 주변
에 맴돌고 있는 남자 귀신을 쫓아내기 위해 힘겨운 광경을 보여주기도
했다. 묘심화 스님은 법당의 불을 끈 뒤 어떤 물건을 외부로 향해 던지
며 "귀신아 썩 물렀거라"고 호통치는 등 천도재는 약 2시간 동안 치러
졌다.

천도재를 끝낸 묘심화 스님은 "이 날 천도재로 귀신이 물러갔다는 생
각이 들지만 너무 질긴 귀신이라 앞으로 두 차례 더 천도재를 지내야
할 것 같다"고 말했다. 앞서 다른 스님들은 안 씨와 아들 안정환의 화해
를 기원하는 기도를 올렸다. 그러나 이 날 천도재에는 안 씨 가족들이
참석하지 않았다.

묘심화 소님은 "안정환은 어머니의 피와 아버지 뼈를 받고 태어난 사
람"이라면서 "천도재가 열리는 줄 알면서 전화조차 없었던 것은 효의
덕목에 어긋난 행동"이라고 지적했다. 이 날 안 씨의 외삼촌은 자비정사

로 아침 일찍 전화를 걸어 천도재에 참석하겠다고 약속했으나 나타나지 않았다.

홍콩 영화계 '투신자살' 저주?

상하이 출신의 천바오리엔(진보
연)은 홍콩과 대만에서 활동하던
에로 여배우.

그녀는 약물중독으로 영화제 시
상식장 드에서 자해 행위를 하는
등 불안한 사생활을 보여주다가 지
난 2002년 7월 31일 자신이 살던
24층 아파트에서 투신했다.

바로 한 달 전 건강한 아들을 출
산한 그녀는 심각한 '출산 우울증'에
시달렸다. 죽기 전에 쓴 것으로 알

지난해 7월 31일 자신이 살던
아파트 24층에서 투신 자살한
에로 여배우 천바오리엔.

려진 유서에는 사랑했던 연인을 그리워하는 마음과 3류 여배우로
살아온 인생을 후회하는 내용이 담겨 있었다. 한 번도 이름을 날
리지 못한 여배우의 한은 얼마나 깊은 것일까.

'아름다운 여배우의 자살사건'은 소재 부족으로 어려움을 겪던
홍콩 영화계에 '천바오리엔 열풍'을 불러일으켰다. 가장 닮은꼴의
여배우를 골라내 그녀의 전기 영화를 찍겠다고 선언한 영화사도
여러 곳이다.

그 중에서 가장 먼저 촬영에 들어간 <섹스심벌 바오리옌의 일생>에서 주역을 맡은 쑨야리(손아리)는 믿을 수 없는 경험을 하게 된다. 촬영하는 동안 단 한 번도 마음 놓고 잘 수 없을 만큼 신경이 예민해져 있었던 것이다. 결국 투신자살 장면을 찍던 날에는 준비된 대역 대신 직접 뛰어내리겠다고 고집을 피우다가 허리뼈가 부러지는 사고까지 당했다. 미신을 믿는 주변인들은 이것을 두고 천바오리옌의 저주라며 두려워했다.

이어 일어난 투신사건은 지난 2002년 12월 4일 새벽 『동방불패』의 헤로인 린친샤(임청하)의 어머니 마란잉(마란영) 여사의 사망이었다. 우울증으로 이미 다섯 차례나 자살 기도를 했던 마 여사는 자신이 살던 12층 아파트에서 떨어져 결국 72세의 생을 마감했다. 하지만 이 사건은 미궁에 빠진 채 해결의 실마리를 잡지 못하고 있다. 정신질환이 있던 마 여사가 오랫동안 관절염을 앓아 두 다리를 쓰지 못했던 것이다.

경찰은 주변의 도움이 없이는 이어날 수도 없었던 마 여사가 아파트 난간을 기어 올라가 뛰어내릴 수 없다는 판단에 따라 타살 가능성을 배제하지 않았지만 범인은 현재까지 잡히지 않고 있다.

수탉 뱃속에서 새끼닭 나와

수탉의 몸 속에서 새끼 닭이 발견돼 화제다.

지난 2003년 3월 27일 오후 2시쯤 영양군 석보면 화매2리 황재용씨(45)의 1년생 수탉 뱃속 왼쪽 몸통과 연결된 다리 부분에서 10센티미터 크기의 새끼 닭 한 마리가 발견 됐다는 것. 새끼는 머리 부분이 1백원짜리 동전 크기였는데 눈과 닭벼슬, 부리 등도 두렷했다고 한다.

이 마을의 신옥희 할머니(71)는 "수탉이 알을 낳았다는 말은 들었지만 수탉 뱃속에서 나온 새끼는 난생 처음 본다"고 했다.

상주대 축산학과 황주환 교수(54)는 "이 같은 일은 그동안 학계에 전혀 보고 된 적이 없고 돌연변이로도 볼 수 없는 일로 뭐라고 말할 수 없지만 표본을 보관해 연구할 가치는 있다"고 말했다.

사람의 얼굴을 가진 물고기

　일본의 주간 스포츠 신문인 『히가시 스포츠』는 2003년 3월 27일 미국 주간지 『뉴스』의 보도를 인용해 "미국에서 사람의 얼굴을 가진 어류가 잡혔다"고 보도했다.

　이 신문은 "해양생물학자들도 인간과 비슷한 코・이빨을 가진 이상한 '반인어(伴人魚)'는 지금까지 본적이 없으며 이들도 당혹스러워 하고 있다"고 전했다.

　『히가시 스포츠』의 보도에 따르면 이상한 생물을 전문으로 연구하는 저명한 해양학자 그레고리 히킨즈 박사는 "이 생물은 몇

세기 전부터 북아메리카의 수중에 생존하던 물고기로, 환경의 영향으로 돌연변이가 됐을 것이다. 이 발견은 세기의 발견이다"라고 주장했다.

　사람의 얼굴을 닮은 물고기(인면어)를 낚은 사람은 할아버지 댁을 방문한 아론 크렌데르군이다. 이 소년은 할아버지 크레이튼 씨(71)와 함께 낚시를 즐기던 중 이상한 어류를 낚았다. 소년은 어류학자들도 본 적이 없는 정말 이상한 물고기를 낚은

것이다.

크레이튼 씨는 손자가 20센티미터 정도의 인면어를 낚았을 당시의 주변 상황을 자세히 설명했다. 크레이튼 씨는 손자의 낚시 솜씨를 칭찬했다. 그 때 손자가 "할아버지 보세요. 이상한 고기가 잡혔어요. 꼭 아저씨 얼굴 같은 물고기가 잡혔어요"라고 외쳤다.

크레이튼 씨는 손자가 농담을 한다고 생각했으나 물고기의 안면을 보고 놀랐다고 한다. 크레이튼 씨는 인근 대학의 아는 교수를 찾았다. 교수는 대학에서 어류와 야생동물을 담당하는 직원에게 연락을 해줬다.

환경당국도 마이애미 출신의 히킨즈 박사와 다른 전문가들에게 조사를 의뢰했다. 그러나 아직 아무것도 모른다. 인간의 얼굴을 가진 물고기에 대해서는 현재 다양한 설이 있다.

○ 유전자 전환을 실험하는 생물과학공장에서 만들어냈다.
○ 1986년에 사망한 담배공장의 농부가 항상 물고기로 태어나길 바랐다. 그 농부의 화신이다.
○ 아트란티스 대륙(지진과 홍수로 하룻밤에 바다 속에 잠긴 지브롤터 해협의 서방에 있는 전설상의 대륙)이 잠긴 후 섬사람이 물고기로 변한 것이다.
○옛날 인디언 전설에 있는 물고기다.

등이다. 『히가시 스포츠』는 "어류학자들도 지금은 확실히 말할 수 없는 형편이다. 유전자 테스트를 실시한 후에나 확실히 설명할 수 있다"라고 전했다.

-『굿데이』에서 발췌 -

성모마리아 호주에서 부활?

　'성모 마리아의 출현은 기적인가, 착각인가?'

　성모 마리아 목격담을 둘러싸고 호주 종교계가 논란에 휩싸였다. 로이터통신은 2003년 2월 7일(한국시간) 호주 시드니의 한 해변에서 성모 마리아가 목격됐다는 주장이 잇따르면서 진위 여부에 논란이 일고 있다고 보도했다.

　성모 마리아가 목격된 장소는 시드니 동쪽에 위치한 쿠키 해변가의 한 울타리이다. 많은 피서객이 이 곳에 지난 한 달간 하얀 옷을 입은 성모 마리아가 나타났다고 주장하고 있다. 이탈리아에서 온 안나라는 한 순례자는 '성모 마리아의 왕관과 하얀 옷을 직접 봤다"고 말했다.

　이러한 증언에 대해 '단순한 눈의 착시현상'이라는 반론이 제기되고 있다. 해변 관리자인 팀 매카시는 "저들은 단지 하얀 울타리를 착각했을 뿐"이라고 반박했다. 정신과 의사 스티븐 폭스는 "기적을 바라는 환자의 마음이 성모 마리아를 만들어냈다"고 분석했다. 가톨릭 교단은 이에 대해 공식적인 언급은 삼간 채 '조사 중'이라고만 발표하고 있다.

　한편 이 같은 논란에 힘입어 이 해변가는 성지 로마나 루르드에 버금가는 인기를 끌고 있다. 이미 세계 각국에서 순례자·장

애인·환자 수 만 명이 기적을 바라며 이 곳을 찾았다 울타리에
는 순례자들이 놓고 간 꽃다발과 십자가, 향유가 빽빽이 놓여 있
다.

11.
엽기적인 사건들

강간에 대한 기록들

○ 강간이 가장 많이 일어나는 나라

남아프리카 공화국 경찰청이 내놓은 자료에 따르면 남아공에서는 매년 6만 4,000건의 강간이 일어나고 있다. 이는 여성 10만 명당 116명이 강간을 당한다는 의미를 가지고 있다.

○ 가장 극악무도한 강간 범죄

7년 동안 518명의 여성을 강간한 모로코의 무하마드 무스타파 타베트라는 사나이가 있다. 그는 강간 장면을 담은 118개의 비디오테이프도 가지고 있다. 그는 2명의 아내와 5명의 아이를 두었다.

재판 당시 타베트는 "그들은 단지 나의 섹스 파트너였다"고 말하면서 "나는 성적 억압에 시달려 섹스를 하지 않고는 견딜 수가 없었다. 그래서 3년간 1,600명의 여성과 섹스를 했다"고 주장했다. 그러나 법원은 타베트에게 사형을 선고했다.

○ 가장 오래 지속된 강간

2차대전 당시 일본군은 한국, 필리핀, 중국, 인도네시아 등지에서 '위안부'라는 이름으로 여성의 성을 갈취했다. 약 20만 명의 여성들이 강간을 당했으며 50퍼센트는 죽음을 맞이했다.

ㅇ 강간범죄로 가장 오랜 형벌을 받은 남성

미국의 찰스 스콧 로빈슨은 세 살배기 소녀를 강간한 죄로 3,000년 형을 받았다. 그는 이 소녀의 자전거를 빼앗고 강간했으며 오럴섹스를 요구했다. 법정은 "절대로 그가 세상에 돌아다니게 해서는 안 된다"며 "3,000년간 감옥에서 지내야 한다"는 선고를 내렸다.

경주마 성기에 후춧가루 발라 승부조작

1996년 3월 미국 플로리다의 경마 부정행위 단속반은 경주마 조련사인 프랭크 파세로가 불법행위를 저질렀다고 폭로했다. 프랭크 파세로는 압도적으로 높은 승률 때문에 유명했던 조련사인데, 단속반에 따르면 그만의 비밀이 있었다. 경주에 참가하게 될 말의 항문과 성기 주변을 후춧가루로 문지르거나 흥분제를 발라 흥분하게 만들어 돈을 벌어왔다는 것이다.

경마 규칙을 어긴 것은 물론이고 동물 학대 혐의도 받게 된 프랭크 파세로는 "발견된 증거물은 자신의 발기 부진을 치료하기 위한 것으로 경주마에는 결코 사용한 적이 없다"라고 항변했다.

아프리카의 처녀성 테스트

한동안 사라졌던 '처녀성 테스트' 의식이 93년을 전후해서 몇몇 아프리카 국가에서 부활하기 시작했다.

10대 후반의 여자아이들을 대상으로 하는 이 구시대적인 행사는 성차별적일 뿐 아니라 인권 침해의 요소가 있다는 여론에 밀려 오랫동안 자취를 감췄었다. 하지만 아프리카의 전통문화를 되살려야 한다는 명분을 내세운 집단들이 90년대 초반부터 다시 부활시켰는데 처녀성을 확인하는 방법이 아주 황당했다. 하의를 벗은 여자아이가 누우면 여자 노인이 성기를 향해 물을 붓고 물이 성기 속으로 스며들지 않으면 처녀로 인정받게 된다는 것이다.

주로 소규모로 진행되기도 했지만 더러는 대형 체육관에 1,000여 명의 여자아이들이 모여 집단적으로 테스트를 받는 일도 있었다고 한다.

절정의 순간에 '페니스 폭발'

2000년 10월 루마니아에서 대단히 희소한 의료 사고가 발생했다. 28세 남성인 일라리 코로이우가 18세의 여자 친구와 성관계를 갖던 중 페니스가 '폭발'한 것이다. 여자 친구의 증언에 따르면 일라리 코로이우가 절정에 다다르는 순간 평소와는 다른 이상한 느낌을 받았고 곧 침대가 피로 젖은 것을 알게 되었다고 한다. 급히 구급차를 불렀고 일라리 코로이우는 병원에서 긴급 수술을 받았다.

의사는 이 커플이 성행위 중 어떤 행위를 했는지 자세히 밝히지 않고, 혈압을 이기지 못해 페니스의 혈관이 터진 것이라고만 말했다. 이런 일은 의료계에서 거의 보고되지 않는 희귀 사건이라고 한다.

수감자를 성 노리개로 만든 교도소의 여직원

 지난 1999년 미국 펜실베이니아의 교도소 직원인 42세의 여성 아일린 메이필드가 수감자를 성학대한 혐의로 체포됐다. 최소한 남자 죄수 4명이 메이필드의 성적 노예 역할을 해 왔던 것으로 알려졌는데, 메이필드는 처음에는 사탕이나 담배를 주면서 성행위를 요구하다가 나중에는 협박을 일삼았다고 한다.

 만일 자신이 원하는 방식으로 섹스를 하지 않으면 서류를 조작해 형기를 더 늘리겠다고 죄수들에게 겁을 주었다는 것이다. 처음에는 뜻밖의 행운에 기뻐하며 메이필드와 성관계를 가졌던 죄수들은 그녀가 갈수록 거칠고 일방적인 성행위를 요구하자 견디지 못하고 사건을 폭로하게 됐다고 한다.

대만 세관, 수탉 고환 11톤 밀수입 적발

지난 1991년 2월 대만 세관 당국은 엽기적인 밀수품을 적발했다. 얼린 새우로 신고된 컨테이너를 뒤져보니 수탉 고환이 무려 11t이나 숨겨져 있던 것이다.

닭의 고환이 정력에 좋을 뿐 아니라 요리해서 여성에게 몰래 먹이면 최음제로도 효과가 뛰어나다는 소문이 나돌면서 이런 엽기적인 밀수 사건이 벌어진 것이다.

수탉은 겨우 1cc도 안 돼는 정액을 내뿜을 뿐이지만 일단 발정하면 교미 횟수도 상당히 많을 뿐 아니라 한 번 찍은 암탉은 아무리 도망치고 발버둥쳐도 끝까지 쫓아가 욕심을 채울 만큼 호전적이고 정력적인 동물이라고 한다.

여자 강간범에게 납치당한 남자

1991년 10월 미국 테네시 주의 도시 오칼라에서 발생한 사건이다.

24세의 남자가 파랗게 질린 채 경찰서로 뛰어들었다. 대낮에 길을 걷는데 주차돼 있던 차에서 덩치 큰 여자가 튀어나와 칼을 목에 들이대고 자신을 납치했다는 것이다. 남자를 창고 건물로 끌고 간 문제의 여성 납치범은 바지를 벗은 뒤 남자에게 자기의 성기를 입으로 자극하라고 요구했다.

1시간 가량 오럴섹스를 하는 동안 납치범은 몇 회나 절정에 도달하는 것 같았지만 자신은 정말 죽을 맛이었다고 그 사나이는 술회했다.

그대의 향기로운 신발냄새가 좋아

　세상에는 정말 이상한 성적 취향을 가진 사람들도 있다. '신발
페티시'는 신발 냄새와 감촉으로부터 성적 쾌감을 얻는 신기하고
적잖게 역한 성향이다.

　1991년 4월 미국 매릴랜드의 경찰은 한 남자를 체포했는데, 투
옥하는 대신 병원으로 보내 정신감정을 의뢰했다. 문제의 남자는
거리에서 남녀를 무작위로 잡아 세우고는 구두를 벗어 자신이 냄
새를 맡을 수 있도록 허락하라고 읍소도 하고 위협도 하다가 체
포된 것이다.

　비슷한 시기에 같은 지역에서 유사한 사건이 발생했다. 한 남
자가 지나가는 여자들의 신발을 강제로 벗겨 빼앗은 후 신발에
코를 박고 숨을 크게 들이쉬며 황홀한 표정을 지었다는 것이다.
때문에 출동한 경찰들은 어안이 벙벙했다고 한다.

공 맞은 새 "완전히 새 됐어"

호주오픈 테니스대회 남자복식 준결승전이 열린 2002년 1월 24일 멜버른파크 센터코트에서는 관중의 눈을 의심케 하는 진풍경이 벌어졌다.

주연은 종(種)이 알려지지 않은 한 마리 새였고, 조연은 복식 경기를 벌이던 미셀 로드라 파브리스 산토로 조와 줄리앙부터~아르노 클레망(이상 프랑스)조였다. 자연이 잘 보존된 호주임을 증명하듯 평소 각종 새들의 센터코트 위를 낮게 날아다녔는데 이 날 드디어 우려하던 사고가 벌어지고 말았다.

3세트에서 로드라가 강하게 스트로크한 공이 네트 위를 스치듯 날던 새를 강타했고, 그 재수없는 새는 땅에 떨어진 뒤 즉사하고 말았다. 워낙 순식간에 벌어진 일이었지만 수십년간 테니스를 관전한 팬들도 평생 처음 볼만큼 희귀한 광경이었기에 이 '억세게 운 없는 새'의 죽음은 이 날 최고의 화제가 됐다.

이와 비슷한 일은 지난 시즌 미국 프로야구 메이저리그에서도 있었다. 지난 2001년 3월 26일 애리조나주 투산에서 열린 애리조나 다이아몬드백스와 샌프란시스코 자이언츠의 경기에서 괴물 투수 랜디 존슨(애리조나)이 던진 무시무시한 강속구를 홈플레이트 근처를 날던 비둘기가 맞고 마치 '폭탄이 터지듯' 깃털을 흩날리며 즉사했었다.

축구하면 정력감퇴?

　1996년 영국의 의학 잡지 『란세트』10월호에 이탈리아의 소아과 의사 안드레아 스카라무차가 동료들과 함께 대단히 희소한 논문을 기고했다.

　10세에서 14세 사이의 소년들을 대상으로 조사해보니 축구를 열심히 하는 소년들의 고환이 축구를 즐기지 않는 소년들에 비해 작고 혈액 순환도 원활하지 않다는 것이었다.

　의사는 고환의 크기가 성적 능력과는 무관하다고 해명했지만 영국과 이탈리아의 축구광들은 얼토당토않은 소리일 뿐 아니라 축구를 음해하기 위한 못된 음모라고 맹비난을 퍼붓고 잡지 불매 운동을 벌이겠노라고 위협했다고 한다.

병원균을 섹스로 없앤다?

1991년 2월 미국 캘리포니아의 오클랜드에서 일어난 사건이다. 외국에 다녀왔거나 밀입국한 여성들의 명단을 확보한 사기꾼 남자가 이 여성들에게 다급한 목소리로 전화를 걸었다. 자신을 의사라고 소개한 이 남자는 당신이 해외에서 치명적인 병원균을 옮겨왔으니 지금 당장 치료를 받지 않으면 큰일 난다고 말했다.

겁에 질려 약속장소로 나온 여성에게 남자는 까다로운 치료법을 친절히 설명했다. 먼저 남자가 자신의 팔뚝에 혈청 주사를 놓고 30분 이내에 성 관계를 가져야 정액을 통해 치료제 성분이 여성에게 옮겨간다고 말이다.

두 명의 여성만이 경찰서로 찾아와 이 사기꾼 남자를 신고했는데 경찰은 피해자가 더 많은 것으로 보고 수사를 계속하고 있다.

기능 저하된 포경복원 장치 개발법

1992년 웨인 그리피스라는 남성이 몇몇의 사람들을 모아 포경 수술을 반대하는 단체를 만들었다.

이 남성들은 포경 수술 때문에 자신의 성 기능이 떨어졌을 뿐 아니라 품위를 잃게 되었다고 주장했다. 거짓 의학 정보에 속아 볼품없는 대머리 페니스가 되고 말았다는 것이다. 웨인 그리피스는 포경 수술을 받은 남자들을 돕겠다며 획기적인 발명품도 내놓았다. 페니스의 남아 있는 피부를 잡아 당겨 늘리는 장치로 자신은 일년간 이 장치를 페니스에 달고 다녔더니 표피가 늘어나면서 귀두를 덮게 됐다고 주장했다.

누군가 그의 바지를 벗겨보지 않았으므로 사실인지는 확인할 길이 없었지만 기가 막힌 발명품이 아닐 수 없다.

교도소 습격한 매춘부들·····포르노 촬영

　1996년 9월 『워싱턴 포스트』는 '무어 과학 신전'이라는 이름을 가진 단체가 교도소에 침투하여 기상천외한 범죄를 저질렀다고 보도했다.

　이 단체는 버지니아 주에 있는 로턴 교도소에 접근, 재소자 교화를 위한 종교 행사를 열게 해달라고 집요하게 요청했다. 드디어 교도소 측의 허락이 떨어지자 종교 의식에 필요한 갖가지 물품과 촬영 장비와 위문품을 든 남녀 신도들이 교도소로 들어었다. 그런데 알고 보니 그들은 코카인을 숨겨 들여왔으며 여자 신도들은 모두 매춘부였다. 이들의 실제 목적은 포교가 아니라 포르노 촬영이었던 것이다.

　이 대담한 범죄집단은 교도소 내 강당에서 죄수들과 매춘부가 성 관계를 맺는 장면을 약 10분 동안 촬영하다가 덜미가 잡혔다.

'마루타 투어' 쇼킹 차이나

이것은 의학이 아니라 엽기다.

무대가 중국이라 가능한 이야기인지도 모른다.

일본의 사진작가 이케지리는 잡지 『슈칸 지쓰와』 최근호에 중국 다렌의 한 대학에서 이뤄진 충격적인 시체 해부 사진을 공개했다.

이케지리는 지난 2002년 8월 의사인 친구 소개로 일본인 일행 16명과 함께 중국의 대학 연구소를 방문했다. 일종의 '시체 해부 투어'였다. 일행은 대부분 '시체 매니아'라고 말할 수 있는 해부 전문 의사들이었다. 이케지리는 작품을 위해 평소 시체 사진을 종종 찍었기 때문에 이 투어에 참가했다.

방문 첫날 둘러본 연구소 지하 1층의 '시체 표본실'은 그야말로 쇼킹했다. 시험관에 여자 기형아 50여 구가 완벽한 상태로 보관돼 있었다. 대학 관계자의 설명에 따르면 사산을 했거나 부모들이 버린 아이들이라고 했다. 한쪽 눈이 없고, 얼굴이 반쪽이고, 목이 없고…… 한편에는 성인

시체 50~70구가 놓여 있었다.

이케지리는 '인간이 이렇게 잔인할 수 있는가'라는 생각에 일순간 온몸이 꽁꽁 얼어붙었다.

충격적인 시체 보관실을 둘러본 다음 날 마침내 본격적인 시체 해부가 시작됐다. 중국과 일본 의사 10여 명이 시체 한 구를 에워쌌다.

한 일본인 의사는 "이런 생생한 해부 체험은 중국이 아니면 힘들다"고 강한 흥미를 나타냈다.

시체는 50대 여인. 해부에 참가한 중국 의사들은 이 여성이 젊었을 때는 아주 매력적이었을 것"이라며 농담을 건넸다.

이케지리는 이 말을 듣는 순간 "알 수 없는 묘한 흥분을 느꼈다"고 실토했다.

신체의 각 부위를 도려내며 의사들 간에 열띤 토론이 오갔지만 이케지리는 그들의 설명이 하나도 귀에 들어오지 않았다. 적나라한 해부에 심한 충격을 받았기 때문이다.

5박 6일의 '중국 해부 투어'에 관해 이케지리는 "두 번 다시 해보고 싶지 않은 경험이었다"라면서 고개를 저었다.

12.
이런 이야기를 아시나요?

'악비 출사표' 한국에 있다

'악비의 출사표'일까?

중국 최고 명장이 쓴 최고의 글이 국내에 있는 것으로 알려져 비상한 관심을 모으고 있다. 바로 송나라 명장인 악비(1103~1141)가 쓴 제갈공명(181~234)의 출사표다.

'출사표'란 중국고전 『삼국지』의 명 재상 제갈공명이 위나라를 치러 나가기 전 촉나라 황제 유선에게 비장하게 밝힌 각오다. 모든 것이 불리함에도 불구하고 충성심 하나로 노구를 이끌고 전장에 나가는 노재상의 심정이 구구절절이 표현된 명작이다. 이를 약 1,000년 뒤에 악비가 같은 심정으로 썼다. 외적 금나라의 침입에 맞서 싸우다 누명을 쓰고 억울하게 죽은 악비 역시 제갈공명에 버금가는 충신이다. 수많은 서예가가 '출사표'를 남겼음에도 악비의 글씨를 제일로 치는 것이 이런 이유 때문이다.

삼국지 관련 유물과 제갈공명을 모신 중국 청두(성도) 무후사 박물관 관계자들에 따르면 현재 남은 악비의 출사표는 5개다. 쓰촨성·허난성·저장성·산시성에 각각 보관돼 있다고 말했다. 그러나 마지막 한 개의 출사표가 어디 있는지는 알 수 없어 이번에 국내에서 발견된 '출사표'가 주목되고 있다.

'악비—이 출사표'를 공개한 사람의 조선의 왕손으로 알려진 이 모씨(62 · 여)다. 이 씨는 "조상 대대로 이 물건이 가보로 보관돼 왔다"고 말했다. 이 씨는 전 · 후 출사표를 모두 소장하고 있으며 크기는 가로 23미터 15센티미터 · 세로 60센티미터이다. 맨 끝에는 악비의 전각이 붉게 찍혀 있다. 이 씨가 출사표에 대해 관심을 나타낸 것은 최근 세종문화회관 전시홀에서 열린《중국 삼국지 유물전》을 다녀오면서부터다. 이 씨는 "중국에서 가져온 악비 출사표 탁본을 전시한다는 소식을 듣고 찾아가 보았는데, 내가 보관하고 있는 것과 너무 똑같아 깜짝 놀랐다."고 말했다. 이 씨가 소장하고 있는 출사표가 진품인지는 현재로서는 알 수 없다. 그러나 이 씨는 평소 알고 지냈던 고서예 전문가들에게 감정을 의뢰한 결과 악비

중국 저장성 항저우에 있는 악비 사당의 악비상(위)과 국내에서 발견된 '악비 출사표'(아래). 이 출사표 글씨에는 웅혼한 기상이 담겨 진본 여부에 관심이 쏠리고 있다.

의 것과 거의 비슷하다는 얘기를 전해 들었다. 이 씨는 좀더 정확한 감정을 위해 조만간 공인학계에 감정을 의뢰할 예정이다.

《삼국지 유물전》전시회를 위해 국내에 와 있는 무후사 박물관 팽견평 부주임은 국내에 소장 중인 출사표 사진을 본 뒤 "흥미롭다"며 "2003년 3월 중 방한할 중국 최고의 고서예 감정가에게 감

정을 의뢰하면 진품 여부를 가릴 수 있을 것"이라고 밝혔다.

※ 출사표란?

출사표란 제갈공명이 위나라를 공격하기에 앞서 촉나라의 제 2
대 황제 유선에게 올린 글이다. 227년에 작성한 전출사표와 228
년에 작성한 후출사표가 있으며 670자의 한자로 구성돼 있다.

역사서 삼국지의 『제갈량전』, 양나라 소명태자가 편찬한 『문
선』 등에 실려 있다. 출사표의 출은 출동한다는 뜻이며, 사는 군
사·군대를 뜻한다. 표는 자신의 뜻을 밝힌다는 의미이며, 특히
신하가 임금에게 자신의 생각을 아뢰는 글을 뜻한다.

제갈공명은 위나라를 공격하러 떠나는 날 아침에 황제 유선 앞
에 나아가 무릎을 꿇고 눈물을 흘리며 출사표를 올렸다. 이 글은
한자 한자에 공명의 마음이 우러나와 예로부터 제갈량의 '출사표'
를 읽고 눈물을 흘리지 않은 사람이 없다고 한다. 이 출사표에
감복한 송나라의 명장 악비가 이를 옮겨 적었다. 이것이 지금까
지 악비의 출사표로 전해져 오고 있다.

대선 '김동길 저주?'

　월드컵에는 '펠레의 저주', 한국 대선에는 '김동길의 저주'?

　노무현 대통령후보의 당선이 확정된 후 네티즌 사이에서 김동길 연세대 명예교수가 지지한 후보는 항상 떨어진다는 '김동길의 저주'가 화제가 되었다.

　김 명예교수는 2002년 12월 19일 치러진 제 16대 대선에서 이회창 후보를 강력히 지지했으나 뜻을 이루지 못했다.

　그는 지난 1987년 13대 대선 때 김영삼 후보를 지지했으나 노태우 후보가 당선된 것부터 시작해 올해까지 4번 연속 대선 지지후보가 낙선하는 비운을 맛봤다. 92년 14대 대선 때는 정주영 후보를 지지했으나 김영삼 후보가 당선됐고, 97년 15대 대선 때는 이인제 후보를 지지했으나 김대중후보가 당선됐다.

　김 명예교수는 자신이 지지하는 후보를 위해 발로 뛰며 열성을 다해 유세를 벌이는 것으로도 유명하다. 지난달 27일 이회창 후보의 서울 명동 유세 찬조연설에서는 "한국에 2,000명 정도의 간첩이 우글우글한다"며 이회창 후보의 신변보호를 주장, 주목을 끌기도 했다.

　한편 '펠레의 저주'는 월드컵에서 축구황제 펠레가 우승후보로 지목한 나라를 부진을 면치 못한다는 것이다.

2002년 한·일 월드컵 때도 펠레는 포르투갈·아르헨티나·프랑스 등을 우승후보로 점찍었으나 모두 일찌감치 우승권에서 멀어졌다.

청와대의 '막힌 기' 뚫었다

'DJ의 말년 운세는 풍수 덕이다.'

군 시설물로 막혀 있던 청와대의 기가 뚫린 후 여당 집권이 이어지는 등 퇴임을 전후한 김대중 대통령의 말년 운이 비교적 평탄해졌다는 주장이 나왔다.

풍수학자 최창조 교수(54·녹색대학원장)는 청와대 경호실이 지난 2000년 9월부터 2001년 12월까지 북악산과 인왕산의 군 경비시설 재배치와 주변 시설에 대한 대대적인 정비사열을 벌일 때 청와대 경호실의 요청으로 자신이 청와대의 풍수에 관해 두 차례에 걸쳐 조언을 했다고 밝혔다.

최교수에 따르면 청와대는 풍수지리적으로 볼 때 최악의 곳이다. 최교수는 "청와대는 구중궁궐로 불리는 조선의 왕궁 경복궁보다 뒤쪽에 있어 민심을 들을 수 없는 죽은 자리에 있다"며 "일제 강점기 때 일본인들이 기를 끊기 위해 총독부를 지었던 터를 대물림한 곳"이라고 말했다. 여기에 역대 정권을 거치면서 인위적으로 만든 군 시설물들까지 더해져 기맥이 완전히 끊어졌다는 것이다. 이에 최교수는 불필요한 시설물을 철거하고 훼손된 곳을 본래대로 복원하는 방안을 청와대에 조언했다.

최교수가 청와대로 흐르는 기맥을 막고 있다고 지적한 곳은 북악산 정상에 설치된 방공통제대외
대통령관저 바로 뒤에 있던 외곽
지휘소. 최교수의 주장에 따르면
산 정상은 풍수상 함부로 건드리
면 안되는 곳이고, 외곽 지휘소는
북악산에서 청와대를 거쳐 경복궁
방향으로 흘러가는 기를 막고 있
었다.

청와대 경호실은 최교수의 지적
을 참고해 정비사업을 벌였다. 우
선 북악산 정상의 방공통제대를
옮기고 이 자리에 진달래와 구상나무 4,600그루를 심었다. 복토작
업에 필요한 흙은 북악산과 같은 토질의 흙을 헬기로 공수했다.
또 필요 이상으로 깊게 파놓은 벙커와 참호도 메웠으며 방치됐던
폐자재와 쓰레기 420t도 수거했다.

최교수가 기맥을 끊고 있다고 주장한 외곽 지휘소도 다른 곳으
로 옮겼다. 외곽지휘소가 있던 자리는 휴식공간으로 조성하고 '백
악정'이란 조그만 정자를 지었다. '백악'이란 북악산을 '백악산'이
라고도 했던 옛 이름에서 따왔다. 이밖에 청와대 외곽 초소도 64
개에서 48개로 줄였으며 인왕산과 북악산 등산로 주변의 진지 28
개도 철거했다. 또한 1968년 1월 김신조 등 무장간첩 침투사건
이후 경호상의 이유로 출입을 금했던 철궁 주변의 초소를 모두
철거하고 일반인에게 개방했다.

청와대 경호실 관계자는 "청와대 주변 환경 개선작업은 위압감
을 주는 시설을 최소화해 국민에게 다가가는 경호를 하기 위해

벌인 사업"이라며 "일제와 역대 정권을 거치면서 청와대로 흐르는 기맥이 군데군데 끊겨 있다는 풍수학자들의 의견도 참조했다"고 밝혔다.

최교수는 2년간에 걸친 정비사업으로 청와대로 흐르는 기가 어느 정도 뚫린 것으로 본다. 최교수는 "땅도 사람처럼 병에 걸리면 후유증이 남는다"며 "김대중 대통령의 임기가 끝날 때쯤 후유증이 풀려 본인 노력에 따라 국제정치에서 큰 역할을 할 것으로 본다"고 말했다.

그러나 청와대 터가 가진 본질적인 문제는 여전히 남아 있다는 것이 최교수의 주장이다. 차기 청와대의 주인 노무현 대통령이 구중궁궐보다 깊은 청와대에 안주하면서 민의를 제대로 듣지 못하면 다시 외로운 땅으로 전락할 수도 있다는 것이다.

청와대 흙은 '특별'?

청와대는 북안산 정상의 방공통제대를 이전하면서 참호와 벙커를 메우기 위해 312톤의 흙을 헬기로 공수했다. 외곽지휘소 이전자리에는 차량을 이용해 2,000톤의 흑을 복토했다. 복토에 사용된 흙은 어떤 종류이며 어디에서 가져온 것일까.

풍수에서 흙은 기를 실어 나르는 모태다. 맥이 산줄기를 따라 흘러가다 이질적인 토양이나 암석을 만나면 흐름이 중단된다. 조건에 맞지 않는 장기이식을 했을 때의 거부반응과 같은 이치다. 자연히 토질이 같은 흙을 써야 기맥의 흐름이 원활해진다.

청와대는 복토에 사용한 흙도 풍수적 관점을 충실히 따랐다. 청와대 경내 관람객 안내소를 신설하면서 나온 것과 영빈관 주변의 노후건물 재정비 과정에서 나온 흙만을 사용해 복토를 했다.

북악산 주변의 흙은 화강암이 풍화된 토양이다. 풍수학자들은 멀리서 보면 북악산이 바위투성이로 척박해 보이지만 계곡과 능선상의 토질은 상당히 비옥한 마사토라고 말한다. 이런 사실은 고종 30년(1893년) 경복궁 후원(청와대 자리)에 임금이 친히 농사를 지으면서 각 도의 농사형편을 살피던 팔도배미가 있었다는 것에서도 확인이 된다. 풍수학자들은 토지가 비옥할수록 기맥이 원활하게 흐르고 사람도 힘을 받는다고 한다.

사내아이 난산설

세계 3대 테너인 루치아노 파바로티가 67세에 남녀 쌍둥이를 낳았는데 여아는 순산하고 남아는 난산 끝에 죽었다 한다.

2003년 초, 아일랜드 국립병원에서 8,000여 명의 신생아 출산 기록을 분석한 결과가 보도되었는데 제왕절개수술도 남아의 경우가 50퍼센트 이상 많고, 분만 보조도구 이용도 20퍼센트 많으며, 순산을 유도하는 호르몬 투여도 한결 많았다 한다. 출산 전에도 남아 사망률은 여아보다 25퍼센트 많으며 임신 4개월째는 100퍼센트까지 증가한다고 한다. 출산할 대도 여아보다 남아가 54퍼센트나 많이 사망한다는 것은 상식이 돼 있다. 출생 후에도 1년 안에 사내아이가 27퍼센트 많이 죽고······.

사내아이를 낳아야 비로소 며느리로서 존재가치를 누릴 수 있었던 우리 전통사회에서 뱃속에 든 태아의 성별을 알고자 하는 민속은 꽤나 발달해 있었다. 아이밴 여인을 뒤에서 "아무개 댁! 아무개 엄마!"하고 불러서 오른쪽으로 돌아보면 딸이요 왼쪽으로 돌아보면 아들로 알았다.

진통이 시작되면 시어머니는 산실 앞에 곡식 되는 말을 뒤집어 놓고 앉는다. 말 비우듯이 순산하라는 주술일 것이다. 한데도 진통이 심하고 오래갈수록 시어머니 얼굴이 환하게 피어난다. 난산

일수록 아들로 여긴 때문이다. 사랑에 대기하고 있는 아범을 부르면 준비하고 기다리고 있던 붓과 벼루를 들고 산실에 들어가 난산하는 산모의 발바닥에 하늘 천(天)자 9개를 쓴다. 구천(九天)은 아들에게 하는 양(陽)의 원천이다.

그러고도 난산이 지속되면 아범이 산모를 뒤에서 껴안아 힘을 쓰게끔 뒷받침하거나 상투를 들이밀어 산모로 하여금 상투뿌리잡고 힘을 쓰게 하기도 한다. 평안도 산간지방에서는 지붕지랄이라 하여 아범이 산실의 지붕위에 올라가 나뒹굴며 더불어 진통을 하기도 한다.

이 같은 산모와의 고통 공감은 인류학에서 '쿠바드'라 하여 순산을 재촉하는 주술로 다른 문화권에서도 찾아볼 수 있지만 우리나라에서는 태어날 아기가 사내이길 바라는 원망(願望)이 깔려 있었다. 이렇게 하여 아기 울음이 터져 나오면 문전의 시어머니는 "고추냐 보리냐"하고 성별을 묻는다. 고추면 낭랑하게 대꾸하고 세 이레 동안 누워서 조리하지만 보리면 묵묵부답 이튿날 일어나서 얼굴도 못 들고 일터로 나가야 했다. 그렇고 보면 사내아이 난산설은 우리 민속의 통계적 증명이랄 수 있겠다.

– 『이규태 코너』에서 발췌 –

'남을 돕는 사람이 오래 산다'

한 해가 가고 새해를 맞게 되는 연말연시는 누구에게나 특별한 감회가 있는 시기다. 사랑의 감성은 뇌 호르몬의 분비에 영향을 미친다. 일년 중 가장 추운 세밑에 자선 행사가 몰리는 데에는 이 같은 '특별한 감회'가 주는 심리적이고 의학적인 영향이 있는지도 모른다.

최근 미국의 한 심리학자는 남에게 대가 없이 베푸는 사람이 그렇지 않은 사람보다 오래 산다는 내용의 통계 조사를 발표해 주목을 끈다. 미국 미시간대학의 심리학자 스테파니 브라운 박사는 학술지 『심리과학』 최근호에서 지난 5년간의 추적조사를 바탕으로 이 같은 결론을 내렸다.

연구팀은 무작위로 선정한 4백23쌍의 노인 부부를 조사 대상으로 선정, 5년이 지난 후까지 생존한 사람들을 대상으로 분석한 결과 이들 가운데 여성의 72퍼센트, 남성의 75퍼센트가 지난 1년 사이에 아무 대가없이 남을 도와준 일이 있음을 밝혀냈다.

브라운 박사는 이 통계를 바탕으로 '남에게 대가없이 베푸는 사람들은 뜻하지 않게 사망할 확률이 60퍼센트 가량 줄어든다'는 결론을 내렸다. 거꾸로 얘기하면 남을 전혀 돕지 않는 사람은 베푸는 사람보다 일찍 죽을 가능성이 배 이상 높다는 의미다. 연구팀은 이 결과가 '도움을 받는 사람의 수명이 더 길어진다'는 종래의 연구 보고서들과는 다른 것이라고 설명했다.

자선이 건강장수에 도움을 준다는 이론은 일본인 의사 하루야마 시게오의 저서 『뇌내혁명』에서도 주창된 바 있다.

심리학자 마슬로의 이론에 따르면 사람의 욕구는,

① 생리욕구
② 안정욕구
③ 소속감과 사랑에 대한 욕구
④ 인정을 받으려는 욕구
⑤ 자아실현의 욕구

라는 5단계로 발전해 간다. 하루야마 시게오는 성욕이나 식욕같은 기초단계의 욕구는 일단 충족되면 쾌감이 줄어들고 이 단계를 넘어 과식하게 되면 오히려 고통으로 변하는 네가티브 피드백이 작동하지만 고등한 욕구일수록 그 영향이 적어진다고 설명했다.

그는 나아가 해부학적으로 최상위의 두뇌에 해당하는 전두엽야에서 얻어지는 쾌감은 네가티브 피드백의 영향을 전혀 받지 않고 무한히 확대된다고 주장했다. 그에 따르면 전두엽야에서 쾌감을 느끼는 것은 자선과 같이 남에게 베풀 때다. 두뇌가 쾌감을 느낄 때는 엔돌핀 류의 호르몬이 분비되어 인체의 면역력을 높여주므로 건강과 장수에 도움이 된다는 것이 그의 이론이다.

인간의 자연수명은 1백25세까지 연장될 수 있다고 주장하는 하루야마 시게오는 이 밖에 '플러스 발상법'이 면역력을 높이고, 밝은 마음이 병에 대한 저항력을 길러주며, 사랑하는 마음은 노화를 억제한다고도 주장했다.

　긍정적 사고를 가진 사람이 감기에 덜 걸린다는 사실은 최근 미국내 연구에서도 통계적으로 입증된 바 있다.

　어려운 사람들의 몸과 마음이 한층 움츠러들게 되는 한겨울, 남 모르게 베푸는 세밀 온정이 남에게 줄 수 없는 즐거움과 건강으로 되돌아온다는 이 매카니즘은 인간이 서로 돕고 살아가게 하기 위한 신비한 신의 장치인 것 같다.

－『일요신문』에서 발췌 －

오키나와 식이요법

사람은 먹는 대로다(We are what we eat). 세계에서 가장 건강한 식단이라는 오키나와 식이요법이 건강·장수를 만들었다는 견해에 장수학자들의 견해가 일치했다.

오키나와 장수 비결을 논하는 데 있어, 돼지고기는 "숨소리 빼고 다 먹는 장수식"이라고 할만큼 '신화(神話)'로 떠받들어져 있다. 그러나 "돼지 자체보다 동물성 지방을 없애는 방법이 주효했다"는 것이 류쿠대 다이라 가즈히코 교수(의학박사)의 분석이다. 시간을 충분히 들여 끓이거나 삶으면서 기름을 걷어내는 요리법에 열쇠가 있다는 것이다.

크레이그 월콕스 오키나와 현립 간호대 교수도 "오키나와인들이 돈육을 본격적으로 접한 것은 2차대전 이후고, 높은 식물성 탄수화물, 낮은 지방·단백질, 적은 소금 섭취 같은 '영양 균형'에서 장수 비법을 찾아야 한다."고 했다.

오키나와 내에서도 최고 장수촌으로 꼽히는 오기미 마을 주민들은 다른 농촌 지역에 비해 육류 섭취량은 2.5배, 녹·황색 채소는 3배, 콩류는 1.5배 많은 것으로 조사됐다. 반면 하루 소금 섭취량은 9그램, 100세 이상 노인은 7그램에 불과했다. 신선하고 다양한 야채. 건강한 단백질을 함유한 생선 등 기후·지리적 산물에, 소금 의존도를 줄인 건강요리법을 보탠 결과다.

오키나와 국제대 스즈키 마고토 노인학부 학장(심장병·노인병 전공)은 "오키나와인들의 일상 식생활은 서양의 3대 질병인 관상동맥 심장병·뇌졸중·암 발병률에서 세계 최저를 기록하게 한 배경이 됐다"며 "야채·두부·해초·삶은 고기·생선을 풍부하게 섭취하는 저(低)칼로리 야채 중심 식단이 뇌졸중 억제에 큰 도움이 됐다"고 했다. 그는 "오키나와 백세인들은 음식의 78퍼센트를 채식으로 하고, 매일 7가지 이상의 야채와 과일, 2가지 이상의 콩류를 섭취하고 고구마(복합 탄수화물)·현미·메밀국수(섬유질)를 식단의 기초로 삼아 왔다"고 했다. 실제 경험한 오키나와 요리에는 삶건 데치건 날 것이건 야채가 빠지는 법이 없었다.

'허리띠를 풀기 전에 수저를 놓는다'는 소식(小食) 습관도 장수 요인이다.

이 밖에 오키나와 장수학 전문가들은 수세미, 여주(항암·비타민 공급), 쑥(위장 강화), 자스민차(심장병·암·노화방지), 곤약(소화력 강화), 미역, 다시마, 김, 톳 등 해조류(단백질·칼슘·요오드 공급) 같은, 식탁에서 빠지지 않는 전통 음식들이 건강·장수에 큰 기능을 했다고 말했다.

－『조선일보』에서 발췌 －

각 나라 이름의 속뜻

　세계 지도를 펼치면 각양각색의 나라 이름들을 볼 수 있는데 그 원뜻은 과연 무얼까?

　이제부터 세계 여행을 떠나보자.

【아시아】

◎ 스리랑카 - 빛나는 보석의 땅

◎ 파키스탄 - 회교의 나라(국민 97퍼센트 이상이 회교도)

◎ 타이 - 자유의 땅(불교의 나라라고도 하는데 국민의 95퍼센트 이상이 불교도)

◎ 싱가포르 - 사자의 도시

◎ 인도네시아 - 바다의 나라

◎ 말디브 - 그리스어로 궁전의 섬

◎ 오스트레일리아 - 남방의 땅

◎ 중국 - 중앙에 있는 나라 또는 가운데 있는 나라

◎ 일본 - 해가 뜨는 곳

◎ 몽골 - 소박, 용감

◎ 캄보디아 - 산지의 왕

◎ 라오스 - 백만 마리의 코끼리가 사는 땅

【라틴 아메리카】

◎ 아르헨티나 - 에스파냐어로 '은'

◎ 코스타리카 - 풍요한 해안

◎ 에콰도르 - 적도

◎ 살바도르 - 구세주

◎ 온두라스 - 한없이 깊은 물

◎ 푸에르토리코 - 풍요한 항구

◎ 칠레 - 세계의 변두리

◎ 과테말라 - 삼림의 나라

◎ 기이아나 - 물의 고향

◎ 아이티 - 산이 많은 곳

◎ 자메이카 - 샘물의 섬

◎ 페루 - 옥수수의 창고

◎ 도미니카 - 일요일

【아프리카】

콩고, 잠비, 세네갈, 자이르 등은 모두 강 이름이며 모잠비크는 스와질리어로 '광명의 도래'라는 뜻을 지니고 있다.

13.
이상한 이야기들

'인간 증발' 미스터리 삼각지대

　미국 캘리포니아주 모롱고 계곡에 별장을 갖고 있는 오란드 피터스 부부는 어느 날 새벽 한 노인의 방문을 받았다. '가야 할 길도 모르겠고 돌아갈 길도 모르겠다'는 그 노인은 200년 전의 원주민 차림새를 하고 있었다. 부부의 길 안내를 받은 노인은 한 지점에 이르자 "이제야 길을 찾았다"면서 부부에게 고맙다는 인사를 한 직후 홀연히 사라졌다.

　이 지역에서 일어난 두 번째 '인간증발'에 대한 이야기다. 그어마 전 유카 계곡 도로를 달리던 캠핑카가 돌연 증발한 적이 있었던 것이다. 그 뒤로도 심심찮게 증발사건은 계속되었다. LA 동쪽 150킬로미터 동쪽 2,000평방킬로미터 넓이의 고원지대 '자슈어 트리 내셔널 모뉴멘트'는 유명한 관광지이다. 이 지역을 포함해 꽘 스프링스, 자슈어 트리, 유카 계곡 등을 잇는 역삼각형 지대는 이러한 증발사건이 일어나고 있으나 아직도 원인을 알아보지 못한 불가사의 지역이다.

프랑스 해안에 나타난 녹색 인어

반은 물고기, 반은 사람인 인어가 아마존에 살고 있다는 영화는 물론 픽션이다. 그러나 실제 인어가 나타났다 해서 세계적인 화제가 된 적이 있다. 1987년 5월 프랑스 비스케만에 녹색 비늘의 괴물이 바다 속에서 불쑥 나타난 것이다. 목격자에 따르면 검고 큰, 그러나 섬뜩하게 생긴 눈과 물갈퀴가 달린 발 등은 영화에 나오는 아마존의 인어와 흡사했다는 것이다. 이보다 15년 앞선 1972년 미국 마이애미 강 부근을 순찰 중이던 두 경관은 개만한 크기에, 얼굴이 개구리처럼 생긴 괴물을 목격했다고 보고했다. 그 직후 강에서 물놀이를 하던 소년이 목격한 바에 따르면 이 괴물은 키가 1.2미터 쯤 되며 회색 피부에 거대한 개구리처럼 보여진 사람 모습도 어느 정도 갖추고 있었다는 것이다.

북극에도 신기루 "신기하네"

사막의 신기루 이야기는 흔하지만 북극의 신기루에 대해서 아는 사람은 드물다.

알래스카 상공에 해마다 6월 19일부터 7월 10일 사이에 나타나는 '침묵의 도시' 사일런트 시티. 이 도시는 단순한 환영이 아니라 몇몇 사람이 카메라에 담았을 정도로 분명한 사실이다.

최초의 사진은 1889년 6월 19일 리처드 윌로비라는 탐험가가 알래스카 판한들 북서 약 112킬로미터 지점인 그라시엘만 상공에서 잡은 것이다. 당시 『샌프란시스코 크로니클』지가 대대적으로 보도한 이 사진을 본 스튜어드라는 사람은 이 도시가 영국 에본주의 항만도시 브리스톨이라고 단언했다. 사진을 비교해본 결과 그의 말이 맞는 것으로 밝혀졌다.

그러나 수천 킬로미터나 떨어진 곳의 도시가 알래스카 상공에 신기루로 나타날 수는 없는 일이다. 오히려 미스터리만 짙어졌을 뿐이다. 게다가 이런 '침묵의 도시'는 여러 개가 더 있다는 것인데, 이는 대기온도의 역전현상에 따라 빙산과 빙하가 만들어낸 신기루라는 것이 지금까지 나온 가장 그럴 듯한 해설이다.

아틀란티스의 후예가 살아 있다

아틀란티스, 대서양에 침몰한 수수께끼의 대륙. 그 실체에 대한 궁금증이 여전히 꼬리를 물고 있는 가운데 이 대륙의 주민이 지금도 살아 있다는 주장이 설득력을 얻고 있다.

프랑스와 스페인 두 나라에 걸쳐 있는 바스크지방 주민이 바로 아틀란티스 대륙 원주민의 후예라는 것이다. 실제로 이들 바스크인의 얼굴은 마야족의 후손인 인디오의 모습 그대로이다. 뿐만 아니라 문화도 비슷하다. 인근 다른 지역과 달리 쟁기로 밭을 가는 것이 아니라 삼지창처럼 생긴 도구로 지면을 쿡쿡 찔러서 파종을 한다. 또 이들이 즐기는 벽치가 공놀이가 중미 인디오의 민속놀이와 똑같다는 것이다.

직선거리 8,000킬로미터나 떨어진, 그것도 바다에 가로막혀 있는 두 지역 주민의 '문화'가 이처럼 유사한 것은 대서양 어딘가에 문화 중계지가 있었기 때문이라는 것이다. 그리고 그 중계지가 바로 아틀란티스 대륙이었을 것이라는 추측이다. 따라서 바스크인은 아틀란티스 대륙에서 옮겨온 후손이라는 주장으로 확대 발전하고 있다.

사랑 따라 자살한 '로맨틱한 코끼리'

인도 북부 라크나우 동물원에서 한 마리의 암코끼리가 숨을 거둔 것은 99년 4월 11일이었다. '향년' 72세. 동물원에서 붙여준 이름은 다미니였다. 100세 가까운 코끼리의 평균수명에 비하면 요절한 셈이다. 그러나 이 코끼리의 죽음이 지금도 화제가 되고 있는 것은 동물계에서는 희귀하게 자살을 했기 때문이다.

그것도 강한 의지가 필요한 단식을 통한 자살이었기 때문에 더욱더 관심을 끌었다. 자살하기 1년 전 이 코끼리에게는 여자친구가 생겨 한 우리에서 생활하며 우정을 돈독히 했다.

그러나 임신 중이던 친구 코끼리가 난산 끝에 숨을 거두자 그 충격으로 눈물까지 펑펑 쏟던 다미니는 그 날부터 단식에 들어갔다. 4t이나 되던 체중이 나로 줄어들기 시작, 1주일 뒤에는 서 있을 수 없을 정도로 쇠약해졌다. 가장 즐겨 먹던 바나나와 사탕수수도 줘봤지만 눈길 한 번 주지 않았다.

섭씨 46도의 무더위를 조금이라도 덜어주고자 소방호스로 물을 뿌리는 등 동물원 당국이 필사의 노력을 쏟았지만 다미니는 결국 친구를 쫓아 저 세상으로 가고 말았다.

미녀만 잡아가는 이탈리아의 '악마'

이탈리아 북부지방의 자코비 메르리노라는 청년은 결혼식 전날 신부를 산에서 날아온 악마에게 납치당했다고 호소했다.

그 지역의 아우그스타스라는 신부 역시 악마를 목격했다고 증언했다. 신부에 따르면 악마는 '눈은 녹색이고, 뿔이 달렸으나 사람과 비슷하게 생겼으며, 뼈가 울퉁불퉁하게 튀어나온 날개를 펄럭거리며 날아다닌다'는 것이다. 이 신부는 즉시 역사 문서를 조사해본 결과 산 속에 사는 악마의 사자가 종종 마을로 내려와 미녀를 잡아갔다는 기록을 발견했다고 한다.

악마는 산의 제물로 미녀를 잡아가 의식을 치르고 결국에는 먹는다는 것이다. 이 악마는 어떤 모습으로든 자유자재로 변신이 가능하다고 한다. 이 때문에 이 지역 사람들은 집단으로 교회에서 악마 퇴치 기도회를 개최하는 한편 밤에는 집집마다 대문이나 현관 앞에 십자가를 내건다는 것이다. 믿을 수도 믿지 않을 수도 없는 이탈리아 판 '귀신 씻나락 까먹는' 이야기이다.

죽은 아들에게 150만달러 유산

이미 죽은 아들에게 150만달러의 엄청난 유산을 남긴 부모가 있다면 믿을 수 있을까?

영국 노스요크셔주 랭크소프에 살았던 에브린 그린 부인은 죽으면서 아들 피터에게 150만 달러의 유산을 남겼다. 피터는 공식적으로 1943년 3월 18일 베를린 공습에 출격했다가 격추당해 그의 어머니보다 먼저 이 세상을 떠났다.

그러나 그린 부인은 아들의 죽음을 믿지 않았다. 집에는 침실까지 꾸며놓고 아들의 귀환을 기다리는 한편 사람을 고용해 생존 확인 작업을 계속해 왔다. 그녀가 아들의 전사를 믿지 않는 유일한 근거는 시체를 발견하지 못했다는 점이었다. 즉 그녀는 아들이 전사가 아니라 실종된 것으로 이해했다.

그녀의 유언은 '2020년 1월 1일까지 아들이 돌아오지 않으면 유산 150만 달러는 각종 동물기금에 기부할 것'을 요구하고 있다. 2020년이면 그의 아들 피터가 살아 있다고 해도 100세가 되는 해이다.

인생까지도 '닮은 꼴'인 쌍둥이 자매

바버라 하버드와 다프니 굿샤프는 일란성 쌍둥이이다. 1935년 런던의 한 병원에서 태어난 그들은 각각 다른 집에 양녀로 들어가는 바람에 헤어지게 됐다. 언니 바버라는 20세가 되었을 때 쌍둥이 동생이 있다는 것을 알고 찾아 나섰다. 두 사람이 만난 것은 그로부터 25년 뒤, 태어난 지 45년 만인 1980년이었다.

그런데 놀라운 것은 두 자매가 만나던 날 입고 나온 옷이 똑같은 색깔. 똑같은 천으로 만든 투피스였다.

여기까지는 우연으로 넘길 수 있으나 웬걸, 두 사람 모두 16세 때 댄스파티에서 만난 여자와 결혼해 첫 아이를 유산한 것이다. 그리고 아들 둘을 낳고 막내딸을 둔 3남매의 어머니들이었다. 또 15세 때 계단에서 굴러 무릎을 다치는 바람에 날씨가 궂으면 욱신거리는 것까지 일치했다.

게다가 약 1시간의 시차를 두고 같은 책을 사서 읽은 사실까지 밝혀졌다고 한다. 아무리 일란성 쌍둥이라지만 '핏줄'만으로는 설명될 수 없는 타고난 운명의 신비다.

'저주의 다이아몬드' 박물관에 안장

　미국 스미소니언박물관은 기묘한 다이아몬드를 수장하고 있다. 누구나 탐을 낼만한 보석이 박물관에 안치된 것은 개인이 가질 수 없는 이른바 '저주의 다이아몬드'이기 때문이다.

　9세기 인도에서 채굴되었을 때의 크기는 279캐럿이었다. 당시 사라센 제국 왕이 '제국과 맞바꾸고 싶다'고 할 정도로 탐을 냈던 이 다이아몬드는 그 800년 뒤 프랑스 루이 14세가 당시 250만 프랑에 사들여 67캐럿으로 커트해서 '프랑스의 청색'으로 이름을 지었다.

　그러나 루이 14세는 얼마 안돼 병사했고, 다이아몬드를 빌려간 몬테스판이라는 귀부인은 파산을 했다. 그 뒤 다시 두 개로 나누어 가공한 이 다이아몬드를 팔려던 보석가공사의 아들은 사고로 질식사 했다. 또 1830년 이 문제의 다이아몬드를 손에 넣은 영국 실어가 에리어슨은 낙마로 죽었다. 1911년 우여곡절 끝에 이 다이아몬드를 사들인 다시 『워싱턴포스트』 사주 마클린의 장남까지 교통사고로 죽자 마클린은 마침내 이 다이아몬드를 스미소니언박물관에 기증한 것이다. 과학으로는 결코 풀 수 없는 저주도 박물관에서는 더 이상 힘을 쓰지 못하고 있다.

반세기 넘게 한숨도 못자고도 멀쩡

    불면을 경험하지 못한 사람은 며칠간 계속되는 불면이 얼마나 고통스러운지는 안다. 그런데 1945년 이래 반세기가 넘도록 한숨도 자지 못한 사람이 태연하게 일상생활을 하고 있다. 쿠바의 직물기능공 토머스 이스키엘드가 바로 그 미스터리의 주인공이다. 지난 20년 가까이 그의 주치의를 맡아 온 가르시아 프레타스 박사에 의하면 그는 과학적으로 한숨도 자지 않는 사람이라는 것이다. 1970년 24시간 밀착관찰 실험 결과 그가 잠자리에 들어 눈을 감더라도 뇌파를 통해 본 뇌의 활동은 항상 깨어 있는 상태라는 것이다. 수면제를 부여해도 수면 비슷한 상태에 이를 뿐 잠은 들지 않는다고 한다.

    주치의는 그가 13세 때 앓은 뇌염으로 수면 메커니즘이 파괴된 탓이라고 보고 있지만 본인은 편도선 적출수술 뒤부터라고 주장하고 있어 불면의 정확한 원인이 규명되지 않은 상태다.

등대지기의 증발

　스코틀랜드 서쪽 대서양에 떠 있는 작은 섬 아이린 모어에 등대가 세워진 것은 1899년 12월이었다. 그러나 1년 뒤인 1900년 크리스마스 11일 전 세 사람이 근무하고 있는 등대의 불이 돌연 꺼지고 말았다.

　즉각 조사단이 파견됐으나 공교롭게도 파도가 거세 수차례 중단된 끝에 크리스마스 이튿날에야 겨우 상륙할 수 있었다.

　그러나 등대에는 아무도 없었다. 등대일지에는 12월 15일 오전 9시, 등대를 껐다는 기록이 남아 있을 뿐이었다.

　아마도 그 날 오전 9시 이후 '비극저인 사건'이 이어나 저녁에 등대 불을 켤 시간에는 아무도 남아 있지 않게 됐음이 분명했다.

　등대는 언제든 정상 가동이 가능하도록 손질되어 있었다. 즉각 대대적인 조사가 실시됐으나 밝혀진 건 아무 것도 없었다. 세 사람이 '증발'한 날 낮에는 바다도 조용했기 때문에 '실족 추락사' 했을 가능성은 전혀 없었다. 지금까지 이 수수께끼는 풀리지 않은 채 남아 있다.

저절로 불이 난 시카고의 빈집

시카고 교외 주택가. 아인버슨씨 소유의 빈집에 처음 이상한 불이 난 것은 88년 3월이었다. 집안에 흰 안개 같은 연기가 솟아올라 소방대가 출동했으나 유황 냄새만 확인했을 뿐 화재원인은 규명하지 못했다.

그 뒤로 커튼이 저절로 타오르는 따위의 이상한 화재가 잇따랐다. 화학자 ,지질학자 등 대대적이 조사단을 구성해 정밀 현장검증을 벌였으나 해명된 것은 없었다.

조사단이 철수하자 다시 불이 났다. 2층 침실 전기 콘센트에서 발화한 것은 확인했으나 그 지은 단전 중이었다. 더욱 이상한 것은 방안의 여기가 창문을 열어 놓아도 빠져 나가기는커녕 한군데 자욱이 싸여 움직이지 않았다는 것이다. 온 마을이 공포에 휩싸였고, 결국 원인을 밝히지 못한 채 집을 헐기로 결정했다.

그러나 선뜻 나서는 업자가 없어 대대적인 살풀이 의식을 한 뒤 무사히 철거에 성공했다고 한다. 그러나 집은 헐었어도 땅은 여전히 공포의 장소로 남아 있다.

14.
해괴한 이야기 (인도 편)

갠지스 강의 괴기

인도 북부에 있는 베나레스 시는 힌두교도들에 의하여 가장 신성한 곳으로 자리잡고 있다.

시내를 흐르는 갠지스 강에서는 젊은 사람으로부터 노인에 이르기까지 이 '영수'를 사용하고 있다. 그들은 옷을 입은 채 물에 들어가 몸을 깨끗이 하고 신에게 기도를 하고 나서 아침식사를 하는 습관이 몸에 배어 있다.

강기슭에는 무수한 천막들이 나란히 자리잡고 있고 그 부근에서는 불길과 연기가 무럭무럭 올라가고 있다. 천막이 있는 곳은 스님이 있는 곳이며 연기는 사자를 태오는 곳에서 나는 것이다.

여기에서 목욕을 하는 사람들은 사체를 태우는 악취도, 수면에 뜨는 뼛가루에도 신경을 쓰지 않을 뿐만 아니라 강물을 '영수'라고 하면서 마시고 있다.

잔혹한 새 장례식

인도에는 많은 종교가 있는데 제각기 다른 장례식 방법을 행하고 있다.

화장이 주로 행하는 방법이지만 매장이나 수장도 있으며 수장은 돈이 들지 않는 것으로 되어 있다. 어쨌거나 사체를 갠지스 강에 던져버리면 되는 것이니까…….

가장 잔혹한 장례식은 조장(새 장례)이다. 불가사의하게 생각되는 것은 인도에서 가장 높은 문명을 가진 사람들만이 이 조장을 행하고 있다는 것인데 그 중에서도 파시 족은 침묵의 탑이라고 불리고 있는 조장장(새장례 터)을 가지고 있을 정도다.

이 탑은 직경이 수십미터이다. 시체를 놓아 두면 탑 위에서 기다리고 있던 대머리 독수리와 같은 새, 카루카라가 시체를 먹어치우는 것이다.

불가사의한 동물 숭배

인도에는 '신의 화신' '신의 탈 것' 등이라고 말하고 있는 많은 동물이 있으며 지금도 그것이 믿어지고 있다.

범천의 백조·비시마신인 독수리·시바신인 소·인도라인 코끼리·둘가인 호랑이·카마인 물소·가네샤인 뒤·아그니인 양·샤시티여신인 고양이·루드라인 개와 말 등이 그런 동물로서 사람

들은 이 것을 우주의 커다란 영이 재생하여 동물로 된 것이라고 생각하고 숭배의 대상으로 삼고 있는 것이다.

특히 소에 대한 숭배심은 강하여 소가 노상에 누워 있어도 불평 한 마디 하지 않고 그 배설물까지도 인체를 깨끗이 하는 영험있는 것으로서 마시거나 집의 입구에 바르거나 하고 있는 것이다.

걸어다니는 나무 불상

인도의 남부 지방에 마을 속을 걸어다니며 병자를 구했다고 전해지는 목제의 불상이 있다.

그 불상은 키 1.4미터 정도의 전신에 뱀을 감아 아주 무서운 형상을 하고 있다. 언제쯤 누가 만든 것인지는 전혀 알 수가 없다.

구전에 의하면 80년쯤 전에 이 지방에 전염병이 창궐하여 많은 사람이 죽은 일이 있었다. 그 때 이 불상이 마을을 걸어다니며 병자들로부터 병원인 균을 빨아들여 많은 사람을 구했다는 것이다. 지금도 병자의 기도에 영험이 있다고 해서 많은 사람이 참배하러 온다.

환상의 큰 뱀

인도 북부 지방에는 백년 이래 대소동을 일으키고 있는 환상의 커다란 뱀이 있다.

이 뱀을 최초로 목격한 것은 1875년 9월 13일로서 영국인과 인도인 5명이 동시에 봤다라는 기록이 남아 있다.

그 기록에 의하면 커다란 뱀은 몸통의 굵기가 약 40센티미터, 길이는 약 50미터. 6개의 발이 있고 전신은 하얗고 손바닥 크기의 검은 반점이 있었다. 그들은 이 뱀을 잡으려고 했지만 어째서인지 갑자기 모두가 어지러움을 느꼈고 뱀은 그 사이에 도망치고 말았다고 한다.

그로부터 30년 후인 1905년, 그리고 또다시 50년 후인 1955년 각각 4~5명이 이 커다란 뱀을 목격한 모양인데 그것이 어디에 있는지 아직까지 발견되지 않고 있다.

전생의 인간

뉴델리 시내에서 사는 한타나드 씨(19세)는 전생인간으로서 주목받고 있다.

부모가 지어 준 이름은 한타나드이지만 본인은 "나는 중국인인 이방령이다"라고 말하고 있다. 즉 육체는 한타나드이지만 그 혼은 '이방령'이라는 것이다.

조사해 본 결과 그녀가 태어난 1959년 10월 20일에 중국인인 이방령이 라는 두 살 난 소녀가 죽었다는 것을 알아내게 되었다.

그녀는 중국어와 인도어 양쪽을 말할 수가 있고 중국인인 '양친'도 그 목소리나 말하는 식으로 보아서 이방령이 틀림없다고 증언하고 있다.

수수께끼의 괴상한 발자국

"꼭 초가을에 나타납니다"

인도 테칸고원의 와랑갈 지방 사람들은 공포에 떨면서 정체불명의 괴물이 남긴 족적에 대하여 이야기하고 있다.

와랑갈 지방의 7대 불가사의의 톱에 올려져 있는 것이 이 '괴족적'이다. 이 족적은 발가락이 3개 있으며 어른의 3배는 될 것같은 커다란 것으로 마치 8자 모양으로 지표 위에 남겨져 있다.

'괴물'은 상당한 체중을 가진 듯 뒤꿈치는 땅속으로 수십 센티미터나 쑥 들어가 있는데 그 모습을 본 사람은 아무도 없으며 발자국 소리를 들은 사람조차도 없다는 것이다.

족적은 30년이나 이전부터 매년 초에 발견되고 있다고 한다.

15.
해외 화제

반응은 딱 하나 '벗고만 있어라'

　'한 젊은 여자가 시내 한 복판에서 사면이 유리로 된 미니 하우스 안에서 일상생활을 그대로 보여준다. 화장실에 가는 것은 물론 전라로 샤워하는 모습까지도 그대로 공개된다.'

　아직까지 서울 도심에서 이런 일은 벌어진 적이 없다. 아니 상상조차 할 수 없는 일, 그러나 지구촌 저 편 칠레의 수도 산티아고에서는 이 같은 이이 실제로 벌어졌다.

　지난 2001년 1월 24일부터 칠레의 한 젊은 여배우가 투명한 유리 집에서 살면서 자신의 사생활을 그대로 공개하는 일이 있었다.

　이 대담한 '공연'의 주인공은 이 프로젝트를 기획한 두 건축가의 친구이자 칠레대학 연극과에 재학중인 정상의 여배우 다이엘라 토바르(21), 거리를 지나가는 사람들은 당대 최고의 여배우가 부시시한 얼굴로 아침에 일어나 마치 실생활을 하듯 샤워를 하고 화장실에 가는 모습을 볼 수 있었다.

　욕실로 가 옷을 벗고 완전 나체로 샤워를 하는 그녀의 모습이 거리 한 복판에서 매일 펼쳐졌다. 사람들이 주위에 몰리는 것은 너무나도 당연한 일이다.

　보험사가 소유주인 시내 중심가의 빈터를 월 80만 페소(약 1백 80만원)에 빌린 주최 측은 이 곳에 가로·세로 각 2.4미터의 유리

집에서 그녀는 모든 것(?)을 다 보여주었다. 밥을 먹고 빨래를 하는 일상적인 모습에서 샤워를 하는 장면까지 전혀 '편집'과 '모자이크 처리'가 없는 대담함을 보였다. 이 때문에 이 유리방 근처에는 밀려드는 인파로 발 디딜 틈이 없었을 정도였다.

사실 이 여배우가 거리의 한 가운데 있는 유리방에 들어간 데는 그럴만한 이유가 있었다. 개인의 사생활에 관한 일반 대중들의 반응을

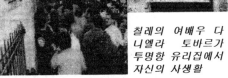

칠레의 여배우 다니엘라 토바르가 투명한 유리집에서 자신의 사생활을 '있는 그대로' 공개하고 있다.(큰사진). 이 프로젝트는 밀려드는 인파(왼쪽 아래)와 반대 여론에 부딪혀 48시간 만에 막을 내리고 말았다.

측정하기 위한 이색실험에 용감하게 자원했기 때문이었다.

이 실험적인 프로젝트는 칠레 카톨릭대학의 두 건축가 아르투로 토레스와 호르헤 크리스티에 의해 이루어졌다. 1998년 최초로 계획되어 칠레예술문화진흥기금 폰다르트(FONT-ART)에 제출한 것이 받아들여진 것이다.

교육부 산하기관인 폰다르트의 추천서를 동봉한 아르투로 토레스의 요청서가 해당 구청에 전달됐고 구청은 단 하루만에 허가서를 내주었다. 일반인의 반응을 측정하려는 순수한 의도에서 행사가 계획된 것이고 기술적으로도 하자가 없다는 판단을 내린 것이었다.

2주간의 실험예정으로 시작된 이 프로젝트는 그러나 불과 48시간만에 문을 닫을 지경에 이르게 되었다. 연일 북적거리는 사람

들의 '뜨거운' 호응(?)속에 신선한 아이디어라는 찬사와 박수가 있었지만 동시에 비판의 화살들이 여기저기서 날아들었기 때문이었다. 일반대중의 반응관찰이라는 명목하에 여성의 '성적 도구화'가 자행된다는 지적이 계속해서 이어졌던 것.

거센 반대여론에 부딪히면서도 폰다르트 원장 니비아 팔마는 "이 프로젝트가 중단될 아무런 이유가 없다"고 밝혔다. 그의 주장대로 이 프로젝트가 이색적인 '예술행위'로 높이 평가받은 것은 사실이었다.

그러나 정해진 기간 2주를 다 채운다는 것은 애초부터 무리였다. 그도 그럴 것이 아침에 유리방 속의 주인공이 일어나면 사람들이 "옷을 벗어라", "샤워를 해라"하면서 난리법석을 부려댔다고 한다. 나이 어린 여배우가 견뎌내기에 무척 힘들었을 것이다.

이 프로젝트의 기획자인 아르투로 토레스는 "유리방에서 여배우가 실제와 똑같은 생활을 하게 함으로써 일반 대중들에게 삶의 한 방식을 보여주고 싶었다"고 말했다. 그러나 사람들은 그의 기대와는 달리, 단지 예쁜 여배우의 알몸에만 관심이 있었다.

만약 여배우 대신에 남자가 그 안에 들어가 있었더라면 어땠을까? "그랬더라면 아마도 북적거릴 정도의 인파를 볼 수는 없었을 것"이라는 게 하이메 라비넷 산티아고 구청장의 말이다.

결국 이 행사는 예정했던 기간을 다 채우지 못하고 막을 내렸다. 기획자인 아르투로 토레스는 완강한 입장을 보였고 일부 국회의원들도 지지한다는 입장을 밝혔지만 시민들의 비판을 피해갈 수는 없었다.

결국 이 사건은 산티아고 경찰당국으로 넘어가기에 이르렀다. 법원의 조치가 결정될 때까지 어느 정도 시간은 걸리겠지만 기획자나 여배우가 구속되는 일은 없을 것으로 보인다. 산티아고 경찰은 "교육부로부터 허가 받은 문화프로젝트이기 때문에 동요를 막는 차원에서 수습될 것"이라고 밝혔다.

10대 소녀 등 600명 알몸집회

복제인간 탄생을 주장하는 클로네이드의 모체인 미국 종교단체 라엘리언 신자들의 누드 명상 장면을 담은 사진이 일본에서 공개돼 충격을 주고 있다. 일본의 사진주간지 『프라이데이』 최근호는 라엘리언 소속 신자들이 집단으로 옷을 벗고 누운 채 명상하는 사진을 처음으로 공개

주간 『프라이데이』 최근호에 실린 지난 91년 8월 프랑스 남부 아르비 근교에서 라엘리엔 신자 600여명이 나체로 '관능명상'을 실시한 당시의 광경. 바지를 입은 교주가 서서 전라의 상태로 누워 있는 신자들의 명상을 이끌고 있다.

했다. 속칭 '관능 명상'으로 불리는 이들 사진은 라엘리언 신자들이 지난 91년 8월 프랑스 남부 아르비 근교에서 가진 집회 장면이다.

600명의 신자들이 야외에서 대부분 완전 누드상태로 누워 있고, 교주로 보이는 한명이 윗옷만 벗은 채 맨 앞에 서서 두 손을 모으고 무엇인가를 주문하고 있다. 대부분의 신자들은 실오라기 하나 걸치지 않았고 극히 일부만 팬티를 입고 있다. 명상에는 10대 미성년자 소녀 신자들도 상당수 참여한 것으로 알려졌다.

스위스에 본부를 두고 있는 라엘리언은 신흥 종교단체로 전 세계에 5만여 명의 신자가 활동하고 있는데 교주인 라엘은 그동안 섹스를 장려해 왔다고 『프라이데이』는 밝혔다. 『프라이데이』는 라엘의 저서인 『하모니 메디테이션』에 수록된 관능명상 프로그램의 내용 일부도 소개했다.

즉 '생명을 탄생시키는 성기는 꽃처럼 아름다운 것이다. 섹스는 우리들 마음 속에서 성장하고 있다. 만개하는 꽃과 같다. 자유롭고 조화로운 섹스가 없으면 완전한 인간의 각성은 있을 수 없다.'는 내용으로 돼 있다는 것이다. 이 책에는 관능명상을 한 뒤 '애무를 받는 느낌이었다.'는 10대 소녀들의 고백도 담겨 있다고 했다.

라엘리언은 2만 5,000여 년 전 외계인들이 지구에 와 유전자 조작을 통해 최초의 인간을 만들었고 현재 지구상에 존재하는 인간들도 복제에 의해 만들어졌다고 주장하고 있다.

한편 『프라이데이』는 일본에도 라엘리언 신자 수가 6,000명에 이를 것이라고 밝혀 향후 인간 복제와 관련해 일본인들의 참여가 큰 문제가 될 수 있다는 우려를 드러냈다. 일본에서는 지난 91년

이를 것이라고 밝혀 향후 인간 복제와 관련해 일본인들의 참여가 큰 문제가 될 수 있다는 우려를 드러냈다. 일본에서는 지난 91년 12월 말 클로네이드의 인간 복제에 이미 일본인 여성 한 명이 참여한 사설이 보도돼 큰 파문이 일었다.

섹스 세계 신기록 경신

갱뱅의 새로운 세계기록이 지난 2002년 2월 10일 폴란드 출신의 포르노 배우 클라우디아 피그라에 의해 수립됐다. 그는 하루 동안 무려 645명의 남자와 성행위에 성공했다고 한다. 기존의 기록은 미국의 포르노 스타 휴스턴이 소유하고 있었다. 휴스턴은 1998년 하루 동안 620명의 남자와 성행위를 나눴었다.

새로운 갱뱅 신기록은 폴란드의 바르샤바에서 열린 세 번째 어덜트 페스티발인 '에로티콘 2002'의 '월드 갱뱅 챔피언십'을 통해 작성됐다. 이번 행사에는 클라우디아 외에 영국의 클레어 브라운, 브라질의 마야라 등 모두 세 명의 포르노 배우가 갱뱅 세계 기록을 깨기 위해 도전했다고 한다.

갱뱅 챔피언십이 시작된 시간은 정확히 오전 10시. 규칙은 한 남성과의 성적 접촉이 30초에서 60초를 넘어서는 안 된다는 것. 세 명의 포르노 여배우는 동시에 다수의 남성들과 성행위에 돌입

했다.

초반에는 영국의 클레어 브라운이 선두를 유지했다. 하지만 그는 세계 기록을 깰 만큼 강하지 못했다고 한다. 결국 클레어는 466명의 남성과 성행위를 마친 오후 2시쯤 두 손을 들었다. 클레어가 탈락된 후 갱뱅 챔피언십은 마야라와 클라우디아의 2파전. 오후 5시 6분 드디어 두 여배우는 휴스턴의 세계 신기록인 621명을 돌파했다. 그러나 이때 이미 마야라는 무너지기 시작했다고 한다.

결국 최후의 승자로 남은 것은 클라우디아였다. 갱뱅 챔피언십은 오후 5시 58분에 끝났다고 한다. 최종 집계는 클라우디아의 646명. 하지만 마야라가 세운 633명의 기록 역시 새로운 세계 신기록이었다.

갱뱅 챔피언십은 에로티콘 2002의 축제가 열리는 메인 홀에 대형 화면으로 생중계 됐고 약 2,000명의 팬들이 지켜봤다고 한다. 이번 이벤트는 1998년 휴스턴의 갱뱅을 지휘한 제작자 짐 말리부가 공동 기획으로 참여했다. 그는 새로운 갱뱅 신기록이 수립된 후 기자회견에서 "폴란드에서는 미국보다 쉽게 기록이 세워졌다"고 소감을 밝혔다.

행사의 전 과정을 취재한 미국의 사진기자 마르크 메도프는 "그것은 놀라운 일이었다. 성 접촉은 매우 신중하게 이루어졌다. 그리고 심사위원들은 정확하게 그 숫자를 세고 평가했다"고 증언하기도 했다. 갱뱅 챔피언십에는 모두 6대의 카메라가 성행위 과정을 입체적으로 담아냈다고 한다.

갱뱅(Gangbang)을 굳이 한국말로 해석하자면 윤간 정도에 해당한다. 윤간은 한 여자를 여러 남자가 돌아가며 강간하는 행위다. 하지만 적어도 포르노의 세계에서의 겡뱅은 윤간과는 거리가 있다. 왜냐하면 포르노에서의 성행위는 합의에 의한 연출이기 때문에 강간으로 단정 짓기엔 무리가 있기 때문이다.

어쨌든 포르노 제작자들은 인간의 성행위를 점점 스포츠의 기록경기처럼 변화시키고 있다. 비인간적, 비윤리적이란 비난을 무릅쓰고 이런 특별한 이벤트를 강행하는 이유는 무엇일까. 그것은 기존 포르노에 식상한 일반인들의 눈길끌기에 핵심이 있다.

하지만 외국의 포르노사업자들과 일부 성문화평론가들은 겡뱅을 '퍼포먼스 아트'라고 주장하기도 한다. 인간의 한계에 도전하고 성적 욕구에 점령된 집단의 광기를 겡뱅만큼 적나라하게 표현할 수 있는 방법은 없다는 것이다.

국내에도 널리 알려진 포르노 배우 에너벨 청 역시 '여성에게는 성욕이 없으며 매춘부나 포르노배우는 남성의 희생물'이라는 사회적 통념에 반기를 들기 위해 겡뱅에 참여했다. 지난 95년 251명의 남성들과 성행위를 가진 그의 기록은 휴스턴이 새로운 기록을 수립하기 전까지 세계 최고였다.

겡뱅에 대한 여러 논란에 대해 애너벨 청은 이렇게 말하기도 했다. "평생 동안 251명의 이성과 섹스하는 것과 하루 동안 251명과 섹스하는 것에는 결국 무슨 차이가 있는가."

일본의 젊은 여성들 속옷벗기 대유행

일본에 벗고 다니는 젊은 여성들이 늘고 있다.

집에서는 완전히 벗은 채 생활하고 학교나 직장에 갈 때는 '노브라 노팬티이다.

일본 남성들 사이에서 브래지어를 착용하는 일병 '브라맨'이 늘어나고 있듯이 여성들 사이에서는 '전라족'이 유행하는 것이다.

'브라맨'은 직장에서 일의 긴장감을 갖기 위해 브래지어를 착용한다고 말하는 반면 '전라족' 여성들은 대부분 해방감 때문에 훌훌 벗어 던진다. 중·고교 시절 우연히 팬티나 브래지어를 착용하지 않은 채 학교에 갔다가 느꼈던 짜릿한 경험 때문에 성인이 돼서도 이 같은 습관을 버리지 못하는 것이다.

식품회사에 다니는 한 회사원(29)은 성인 잡지와의 인터뷰에서 "다른 사람들과 시선을 의식할 수밖에 없던 짜릿한 체험이 오랫동안 이어져 결국 옷을 벗고 생활하게 됐다"고 말했다.

'전라족' 가운데는 단순히 남성들의 시선을 끌기 위한 '섹시파'도 적지 않다.

이들은 "노팬티나 노브라로 데이트를 나가면 남자 친구들이 갑자기 친절해진다"고 말한다.

최근 들어서는 여성 '전라족'의 확산과 함께 결혼 이후 집에서 부부가 옷을 벗은 채 생활하는 경우도 늘고 있다.

'전라족' 여성들의 심리를 분석한 『우리는 왜 광적일까?』라는 책표지

정신과 전문의들은 이 같은 '전라족'에 대해 해방감 이외에 자아도취라는 공통된 심리 현상이 있다고 분석한다. 뭔가 특별한 존재라는 스스로에 대한 도취감이 잠재의식에 자리잡고 있다는 얘기다.

따라서 '전라족' 중 상당수는 승부욕이 매우 강하지만 자칫 자기 파괴형으로 변질될 수 있는 위험을 늘 안고 있다는 게 전문의들의 공통된 분석이다. 이 같은 신드롬을 반영하듯 최근에는 정신과 의사인 가스가 다케히코가 '전라족' 여성들의 심리를 분석한 『우리는 왜 광적일까』라는 책을 내 화제가 되기도 했다. 하지만 산부인과 전문의들은 이 같은 현상에 대해 큰 우려를 나타내고 있다.

도쿄 긴자클리닉의 아케시타 이쿠코 원장은 사진주간지 『스피』와의 인터뷰에서 "절대 추천할 수 없다. 모든 여성병은 몸이 차갑게 되는데서 비롯된다. 벗고 있는 시간이 길어지면 결림증과 생리불순에 시달릴 위험이 크다"고 경고했다.

귀신도 놀란 '유산상속 현금지급기'

자신이 죽은 뒤 방탕한 자손들이 단숨에 재산을 탕진할까봐 눈을 못 감는 사람이 있다면 이제 안심해도 된다. 죽은 뒤에도 얼마든지 재산을 관리할 수 있는 길이 트였기 때문이다.

미국의 주간지 『내셔널 이그재미너』 최근호에 따르면 미국의 한 사업가가 많은 유산을 남기고 세상을 뜨는 백만장자를 위해 매주 일정액만 카드로 유산이 상속되도록 한 선불카드상품을 내놓았다. 묘지의 비석 안에 현금지급기를 설치해 놓고 유산 상속자가 매주 일정액을 찾아갈 수 있도록 한 것이다.

백만장자를 겨냥해 만든 상품인 만큼 재산이 500만달러(600억) 이상인 사람만 신청할 수 있다. 죽기 전에 이 상품에 가입해 매주 지급할 금액을 정하면 후손들은 그 액수만큼만 돈을 인출할 수 있다. 이 희한한 카드 상품의 첫 번째 신청자는 몬테나주 보즈먼 출신의 한 목축재벌(79)이며, 상속받을 자손은 모두 10명이다. 이들은 이 부호가 사망하면 카드를 이용해 그의 묘지 비석에 설치된 현금지급기에서 매주 300달러를 찾을 수 있다.

이 상품의 창안자인 실업가 조엘 젠킨스(53)는 카드 계좌의 고객명단과 현금지급기의 소재를 철저하게 비밀로 하고 있다. 그는 "많은 사람이 죽은 후에도 돈에 대한 권한을 행사하고 싶어한다"

면서 "미국 내에서만도 고객을 충분히 확보할 수 있다"고 말했다. 그는 "부자 중에는 자신이 죽은 후에도 가족이나 친지들이 정기적으로 자신의 무덤을 찾아주기를 바라는 사람이 의외로 많다"고 덧붙였다.

특히 이 상품은 부수적인 효과도 볼 수 있다. 유산 상속자들이 정기적으로 현금을 지급받기 위해 묘지에 왔다가 고인을 추모하고, 묘지에서 가까운 곳에 모여 살게 된다는 것이다. 실제로 몬태나 목장주의 재산을 상속받을 손자들은 할아버지가 돌아가시면 모두 할아버지 묘지 근처로 이사하기로 했다.

비석 안의 현금지급기는 24시간 감시카메라가 작동하기 때문에 도둑맞을 염려가 없다는 것이 개발자 젠킨스의 말이다.

부탄, 세계 첫 금연국가 된다

중앙아시아 히말라야산맥 자락의 맑은 공기와 수려한 경치를 자랑하는 나라 부탄(Buttan)이 세계 최초의 금연(禁煙)국가가 되기 위해 박차를 가하고 있다고 영국 BBC 방송이 2003년 1월 19일 보도했다. BBC는 현지 르포기사에서, 이 곳 정부와 민간 차원에서 진행되고 있는 담배 퇴치 운동과 성과를 자세히 소개했다.

한국의 절반 정도 넓이(4만 7,00km²)에 인구가 209만여 명에 불과한 이 소왕국은 현재 전국 20개 행정구역 가운데 이미 18개 구역에서 담배가 전면 금지된 상태다. 흡연자들은 이제 수도인 팀푸와 근교 일부 지역에서만 마지막 '저항'을 벌이고 있을 뿐이다. 부탄의 거센 금연 바람은 정부 주도라기보다 지역 주민들의 요구에서 비롯되고 있다는 점에서 더욱 눈길을 끈다. 가령 팀푸 인근 왕두에 지역에서는 주민들이 나서서 기관장에게 지역 내 '담배 퇴치'를 요청하여 금연 조례(條例)가 만들어졌다. 이 곳에서는 담배를 사고팔다 적발될 경우 1차 경고 후 가차없이 벌금을 물어야 한다.

부탄의 오랜 '금연 전통'도 한 몫하고 있다. 1640년대 근대국가 형태의 부탄이 세워질 때부터 '건국의 아버지'인 수도승 샤브드룽 응가왕 남기알(Namgyal)은 이미 정부 청사 내의 흡연을 금지했다. 그 뒤 불교의 전파와 함께 국민들 사이에서는 흡연에 대한 부정적인 생각이 자리잡았고, 최근 정부의 담배 퇴치 노력은 긴 금연 역사에서 보면 일종의 '굳히기'인 셈이다.

일부 지역 흡연자들의 반발도 있다. "개인의 건강 문제에 왜 정부가 개입하느냐"며 볼멘소리다. 하지만 정부의 결의는 아주 단호하다. 담배를 전량 수입하는 나라에서 흡연은 개인만의 문제가 아니라는 것이다. 금연 정책을 주도하고 있는 가도 트셰링(Tsering) 보건국장은 "우리같이 소국이면서 무료보건정책을 펴는 나라가 국민들의 나쁜 습관까지 보조할 수는 없는 일"이라면서 "가능한 한 이른 시간 내에 지구상에서 처음으로 담배 없는 나라가 되게 하겠다"고 다짐했다.

한 끼에 5500만원 '예술을 먹었다'

'한 끼에 5,500만원짜리 식사는 무엇이고 누가 먹었을까?'

지난 2003년 1월 6일 중국 시안의 초호화 식당 이화원 팅리관에서 제공한 36만6,000위안(약 5,500만원)짜리 '황제의 식사' 보도 이후 온 중국이 떠들썩하다. 순금으로 환산하면 약 4킬로그램(약 1,020돈)이나 되는 금액의 요리를 단 한 끼에 먹어버린 것이다. 당시 식사를 지휘했던 식당 지배인은 20일 중국 중앙방송 CCTV 12채널 『신문야화』코너에 나와 "식사를 했던 손님들은 이름을 밝힐 수 없지만 중국에서 사업을 하는 홍콩인 12명이다"라고 털어놓았다.

어떤 사람들이 식사를 했나?

● 6이라는 숫자가 길하다고 믿는 홍콩인 12명이 모여 친목을 도모하는 자리였다. 36만 6,000위안이라는 식사 금액도 그런 연유에서 매겨진 것이다. 이들은 10만위안(약 1,300만원)으로 예약하고 나머지는 식사 뒤 신용카드로 지불했다. 홍콩인들은 식사를 즐기는데만 5시간이 걸렸다. 요리는 모두 16개 코스로 각 손님에게 전담 접대원이 붙어 시중을 들었다.

정말 황제의 요리인가?

● 그렇다. 그 날 우리가 준비한 연회요리는 전통 궁중요리인 '만한전석' 가운데 '천룡어연'을 재현한 것이다. 이는 청나라 황제가 특별한 날에 가졌던 연회에서 먹었던 요리다. 초호화 식사를 준비하는 데만 20일이 걸렸다.

대표적인 요리는 무엇인가?

● 우선 '선학지로'라는 요리는 그 자체가 예술 작품이다. 직접 재배한 숙주를 골라 학의 날개 부분을 만들었는데 그 날개 깃털 하나하나를 금실로 엮어나갔다. 숙련된 요리사가 보석 감정에 쓰이는 확대경을 쓰고 일일이 손질했다. '용의 수염과 봉황새'라는 요리를 위해서는 100마리가 넘는 잉어의 수염을 모았다.

곰 발바닥이나 원숭이 골, 노루의 입술 요리도 있다는데?

● 현재 중국에서는 야생동물보호법에 따라 그런 재료를 사용할 수 없다. 다른 재료로 비슷하게 흉내 냈을 뿐이다.

술과 차가 호화메뉴라고 들었다.

● 술은 한 병에 1만 6,000위안(약 208만원)을 호가하는 특별 제조주다. 이름은 '강옹건주'인데 청나라 황제 강희제·옹정제·건륭제의 　앞자를

보통 사람들은 꿈도 꾸지 못하는 한끼 5,500만원짜리 '황제의 식사'가 식탁에 올라 있다.

따서 붙인 것이다. 시중에는 나와 있지 않은 술이다. 찻잎은 50g 에 1만위안(약 130만원) 하는 최상품이었다.

다른 특별 서비스는 없었나?

● 아름다운 여성 직원을 골라 청나라 궁녀의 전통 복장을 입게 하고 새로 구운 식기를 마련하는 등 최대한 황제의 식사 분위기 를 내고자 노력했다. 12명의 손님들에게는 식사한 날짜가 새겨진 순금 동전 하나씩을 기념품으로 증정했다.

한편 이 같은 황제요리가 물의를 빚자 시안시 공산당측은 최근 시안시 세무국과 물가조사국 관계자들에게 팅리관에 대한 조사와 함께 고객들 명단도 파악할 것을 지시했다.

미라가 임신 8개월?

'3,000년 전의 미라가 임신 8개월 중이다(?).'

일본의 스포츠신문 『도쿄스포츠』는 2002년 10월 17일 매주 연재하는 '세기의 특종' 코너에서 미국 주간지 『뉴즈』를 인용, 미국의 미라가 임신 중이라는 기사를 소개해 눈길을 끌고 있다.

내용 그대로라면 엽기 그 자체다. 보도에 따르면 미라를 보존하고 있는 미국 국립고고학아카데미의 사이드 박사가 최근 "3,000년 전의 미라가 임신을 했다면 믿을 수 있겠느냐. 하지만 실제 있는 일"이라며 깜짝 놀랄 만한 사실을 밝혔다는 것이다.

국립 고고한 아카데미 원장인 사이드 박사는,

"발굴 당시에는 지금과 같은 모습이 아니었다. 절대로 임신을 하지 않았다. 미라 관리인이 임신을 시켰다."

고 말했다.

미라 관리인 도비 시터의 말은 더 충격적이다.

"도저히 참을 수가 없었다. 미라는 너무 미인이었다. 그녀를 사랑한다. 그녀가 나를 부르고 있다. 나는 그녀를 '귀여운 미라'라고 부른다."

고 말했다.

시터는 현재 경찰의 조사를 받느라 관리인직을 잠시 그만 둔 상태라고 한다.

미라 속의 태아는 2002년 8월 18일 현재 8개월이 됐고, 뚜렷하게 심박운동을 하고 있으며 건강 상태는 매우 양호한 여아라고 한다.

기원전 1206년부터 924년 정도의 것으로 추정되는 미라는 탄력이 있을 만큼 근육이 잘 보존돼 있고, 실제 혈액이 흐르고 있는 것으로 느껴질 만큼 혈관이 선명하다는 것이다.

지난 2월 공사 도중 발견돼 미라는 24세 전후의 여인으로 추정되고 있다. 외모로 봐서 왕실족이었을 가능성이 높다는 게 아카데미 측의 설명이다. 분만은 최근 건설된 국립아카데미 부속 분만실에서 행해졌다.

-2002년 10월 18일자 『굿데이』지에 게재 -

3000년 전 '미라'가 아기 낳았다

'3,000년 된 미라가 아기 엄마가 됐다.'

일본의 스포츠신문 『도쿄스포츠』는 2003년 1월 23일 미국의 특약 잡지인 『뉴스』를 인용해 이집트의 3,000년 된 미라가 지난 2일 남자 아기를 출산했다고 보도했다. 『뉴스』는 지난 2002년 8월 8일 이 미라의 임신 사실을 처음으로 보도한 바 있다.

『도쿄스포츠』에 따르면 아기는 지난 2003년 1월 2일 오전 7시 2분에 태어났다. 이름은 '타쓰'라고 붙여졌다. 분만에 참여한 이집트 산부인과의사연맹 회장인 무머 하사드 박사는 "체중이 2킬로그램도 안 되지만 아주 건강하다"며 "이 아기는 우리가 인식하고 있는 출산의 과정을 전면적으로 부정하는 것으로 인류의 역사상 아주 소중한 자산이 될 것"이라고 강조했다.

지난 2002년 3월 이집트 카이로에서 20킬로미터 떨어진 장소에서 이 미라를 처음 발견한 앵클 사이드 박사는 "이번 출산은 고대 이집트 문명의 연구를 대폭 변경하지 않으면 안 되도록 만들고 있다. 여성 미라의 자궁은 3,000년 후에도 아기의 출산이 가능하도록 보존됐다"고 말했다. 사이드 박사는 또 "이집트에서는 시신을 미라로 처리하기 이전에 모든 장기를 제거하지만 이 미라는 생식기관이 그대로 보존돼 있었다고 덧붙였다.

사이드 박사는 "이 미라는 발견될 당시에는 임신을 하지 않았다. 하지만 각종 검사 결과 도무지 믿어지지 않을 정도로 생리기능을 발휘하고 있었다"며 "이번에 태어난 아이는 이집트 정부가 비밀장소로 데려갔다"고 설명했다.

한편 『뉴스』는 지난해 이 미라의 임신과 함께 관리인의 강간 사실을 보도했다.

당시 관리인 도비 시터는 "그녀가 항상 나를 불렀다. 그녀는 너무 미인이었고 도저히 참을 수가 없었다. 나는 그녀를 '귀여운 미라'라고 부른다"는 충격적인 고백을 했었다. 이 사건으로 경찰의 조사를 받았던 도비 시터는 이미 관리인직을 그만 둔 것으로 알려졌다.

『뉴스』는 당시 미라가 임신 8개월이고 태아는 뚜렷하게 심박운동을 하고 있다고 전했다. 첫 번째 보도와 달라진 점이 있다면 당시 검사 결과 여아였지만 태어난 아기는 남아였다는 것이다.

이집트 고고학 아카데미측에 따르면 이 미라는 기원전 1206년부터 924년 사이의 것으로 신분은 왕족이었을 것으로 추정된다고 한다. 그 동안 이 미라는 미국에서 보존되고 있는 것으로 알려졌지만, 이번 출산 보도를 볼 때 현재 이집트에서 정부 차원의 관리를 받고 있을 가능성이 크다.

네덜란드에 괴도 뤼팽 부활

'뤼팽이 저지른 짓일까?'

네덜란드 암스테르담 박물관은 2002년 12월 8일(한국시간) 반고흐의 작품 2점을 도난당했다고 밝혔다.

도난당한 작품은 1882년 작 《스페베닝겐 해변의 풍경》과 1884년 작 《누아낭 교회를 떠나는 신도들》 등 유화 작품 2점이다. 박물관 대변인은 "범인은 5미터의 사다리를 이용해 미술관의 지붕으로 올라가 천장을 통해 잠입한 뒤 도난경보장치의 경보음을 듣고 출동한 경찰이 현장에 도착하기 전에 도망갔다"고 전했다.

경찰은 범인이 고흐의 스케치 습작과 드로잉, 유화 등 다른 작품 700여 점에는 손을 대지 않았다고 말했다. 아직 정확한 피해액은 확인되지 않고 있지만 미술관 관계자는 "도난당한 작품들은 소장용이라 가격을 매길 수 없지만, 이와 비슷한 다른 작품과 비교할 때 그 가치는 수 천만달러에 달할 것"이라고 밝혔다.

자신의 귀를 스스로 자르고 그린 '파이프를 물고 귀에 붕대를 감은 자화상"으로 유명한 고흐는 살아 있는 동안에는 단 한 점의 유화밖에 팔지 않는 등 극도로 가난하고 불우한 생활을 했다.

오페라 여왕의 저주

불멸의 오페라 스타인 마리아 칼라스. 20세기가 낳은 최고의 소프라노로 영원히 기억될 인물이다. 물론 그녀를 더 유명하게 만든 것은 20세기 최고의 억만장자 아리스토틀 오나시스와의 결혼과 이혼이 덧붙여졌기 때문이다.

최근 그녀가 오나시스로부터 이혼을 당할 때 쓴 '저주의 편지,가 경매시장에 공개되어 화제를 낳고 있다. 뉴욕 태생인 칼라스는 50년대 베니스의 한 파티장에서 오나시스를 만났다. 그리고 두 사람은 뜨거운 사랑에 빠졌으며 결국은 결혼했다. 두 사람 모두 기존의 부인 남편과 이혼을 하고 결행한 결합이었다.

그러나 그로부터 9년 뒤인 1996년 오나시스는 암살당한 J.F. 케네디의 미망인 재클린 케네디와 전격적으로 결혼했다. 이 과정에서 칼라스는 쓰레기통에 버려지듯 오나시스에게서 버려졌다. 그녀는 남편으로부터 이혼에 대해 단 한마디 말도 듣지 못하고 이혼을 당했다.

편지를 보면 당시 칼라스의 쇼크가 얼마나 컸는지를 잘 알 수가 있다.

"이것은 있을 수 없는 일이며 사실이 아니다. 두 사람 모두 벌을 받아야 할 것이야. 너희들은 곧 그것을 알게 될 것이야"라고 칼라스는 한을 품으며 편지를 썼다.

이 편지의 수신인은 칼라스의 막역지우였던 데히달고라는 사람이었다. 이번에 경매시장에 나온 편지는 히달고에게 칼라스가 보냈던 12통의 편지 중 한 통이다. 전문가들은 문제의 편지가 20세기 최고의 오페라 디바가 직접 쓴 것이기 때문에 2만 달러는 충분히 받을 수 있을 것으로 보고 있다.

최고 유명인사들끼리의 삼각관계는 당사자들이 죽으면서 자연스럽게 깨어졌다. 1975년 오나시스는 죽었으며, 그로부터 2년 후엔 이혼 후 약으로 고통을 달래던 칼라스도 고통에 시달리다가 파리의 아파트에서 심장마비로 죽었다. 그녀가 한을 품었던 연적 재클린 오나시스는 1994년 암으로 이 세상을 떠났다.

모차르트는 설익은 돈가스 먹고 요절

천재 작곡가 볼프강 아마데우스 모차르트가 1791년 12월 5일 빈에서 35세로 요절한 원인은 기생충에 감염된 돼지고기를 설익혀 먹는 바람에 생긴 선모충병(旋毛蟲病)때문이라는 새로운 주장이 나왔다.

미국 시애틀에 있는 퓨젯 사운드 재향군인 의료원의 잰 허슈먼 박사는 미국 내과학회지 2000년 6월 11일자에 기고한 논문에서 문헌과 모차르트 전기 등을 토대로 이 같이 주장했다.

허슈먼 박사에 따르면 모차르트는 죽기 전에 열·발진·사지통(四肢痛)·종기 등의 증세에 시달렸는데 이는 선모충병의 증상과 일치한다는 것이다.

모차르튼 병으로 쓰러지기 44일전에 아내에게 보낸 편지에서 돼지고기를 튀긴 포크 커틀릿을 즐겨 먹고 있다는 사실을 밝혀냈는데 병석에 누운 지 12일만에 사망했다.

모차르트는 편지에 "내가 무슨 냄새를 맡고 있느냐고? 포크 커틀릿이지. 얼마나 맛이 좋은지! 나는 당신의 건강을 축원하며 먹는다오.,라고 썼다.

포크 커틀릿은 슈바이너 슈니첼이라는 이름으로 독일과 오스트리아에서 즐겨 먹는 음식으로 모차르트 시대에도 인기가 좋았다.

이 음식은 일본에 전해져 돈가스의 기원이 됐다. 선모충병은 설익은 돼지고기를 통해 선모충이라는 기생충이 사람의 몸에 들어와 근육 등에 기생하면서 발병하는 질환으로 제대로 치료하지 않으면 환자가 사망할 수도 있다고 한다.

킬리만자로의 빙하 사라진다

아프리카의 최고봉 킬리만자로 산
(5.895미터)의 정상을 덮고 있는 눈과
빙하가 지구 온난화의 영향으로 2015
년에는 완전히 사라질 것으로 보인다.

미국 항공우주국(NASA)은 지난 7
년간 촬영한 인공위성 사진을 비교한
결과 킬리만자로산의 눈이 눈에 띄게
줄어들고 있다고 2003년 1월 12일(한
국시간) 밝혔다. 1993년 2월 미국의 인
공위성 랜드셋이 촬영한 사진은 산 정
상을 하얀 눈이 장식하고 있었으나,
2000년 2월에는 눈이 대부분 녹아 지
면이 노출된 흉측한 모습이었다.

NASA는 지구 온난화 현상이 계속될 경우 2015년에는 킬리만
자로 정상을 장식한 눈과 빙하가 완전히 녹을 것으로 예측하고
있다.

NASA의 한 관계자는 "킬리만자로는 스와힐리어로 '빛나는 산'
이라는 뜻을 지니고 있지만 이대로라면 2015년에는 과거의 빛나

는 모습을 볼 수 없게 될 것"이라고 우려를 표시했다.

"이탈리아론 날아가지 마!"

몸에 좋다면 무엇이든 잡아먹고 보자는 심보는 우리나라나 유럽이나 매 한가지인 모양이다. 요즘 유럽의 밀렵꾼들이 눈에 불을 켜고 잡아대고 있는 것은 다름 아닌 작은 철새들. 특히 고급 레스토랑이나 가정의 식탁에 별미로 올라오는 '옥수수죽을 곁들인 철새 요리'는 없어서 못 먹을 정도로 인기 있는 메뉴다.

철새 밀렵이 가장 성행하는 시기는 철새들이 남쪽으로 또는 북쪽으로 이동하는 봄과 가을철이다. 이 때만 되면 수천 명의 밀렵꾼들이 쏘아대는 총포 소리로 유럽 곳곳의 들판이 시끌시끌할 정도라고 한다. 이 중 철새 사냥이 가장 성행하고 있는 곳은 이탈리아 북부의 롬바르디아 지방이다. 소위 '철새 사냥의 중심지'라고 불릴 정도로 유럽 각지의 밀렵꾼들이 모여들어 총구를 겨누거나 수천 개의 덫을 놓고 있는 지역이 바로 이곳이다.

밀렵꾼들의 사냥법은 나뭇가지에 끈끈이를 붙여 놓거나 또는 철사로 만든 올가미나 그물을 걸어 놓는 등 잔인하고 비열한 방법 일색이

다. 이렇게 덫에 걸리거나 그물에 걸린 새들은 바로 죽지 않고 몇날 며칠을 퍼덕이다가 지쳐 숨지거나 혹은 타는 듯한 갈증으로 끝내 목숨을 잃게 된다고 한다.

매년 이렇게 사냥꾼들의 손에 무자비하게 죽어가고 있는 철새의 수는 무려 5억 마리라고 한다.

현재 이탈리아를 주축으로 조류보호단체가 창설되어 '철새를 보호하자'는 목소리를 높이고 있지만 당분간 철새 사냥은 쉽게 근절되지 않을 것으로 보인다.

'뽕브라' 여기까지 왔다

　입고 있는 옷이 금새라도 터져 버릴 듯한 아름다운 아가씨의 가슴은 풍만하다 못해 거대하기까지 해 보인다. 과연 이 정도라면 도대체 사이즈가 맞는 브래지어가 있을까 하는 걱정도 든다.

　최근 태국의 방콕 번화가에서는 이런 초특급 거대 유방을 여봐란 듯이 과시하는 여성들이 급증하고 있다. 사실을 밝히자면 그녀들의 가슴 속에 넣고 다니는 것은 다름 아닌 풍선이다. 풍선을 크게 불어 유두에 붙인 것이라고 한다. 사람들의 눈길을 끌고 싶어 하는 방콕의 여성들 사이에서 이 '거대풍선가슴'이 유행중이라는 것이다.

　이런 거대한 가슴을 한 번 만져보고 싶어 하는 것은 만국 공통의 남성들 욕구일 텐데……

　이 거대한 풍선가슴은 느낌도 좋고, 데이트용 놀이감으로 활용하기에도 제격이라고 한다. 단, 거대 풍선가슴은 여자가 선택한 자만이 맨 마지막에 바늘로 찔러 터뜨릴 수 있는 영광이 주어진다고 한다.

억세게 운 좋은 사나이

조 톰슨은 18세의 젊은 나이에 평생을 두고 잊지 못할 경험을
했다.

운명의 장난은 톰슨이 안전벨트를 하지 않고 운전을 한 것에서
시작됐다. 지난 2003년 3월의 어느 날, 미국 중부의 미주리에서
지프차를 타고 고속도로를 달리고 있던 톰슨에게 위험천만한 교
통사고가 일어난 것이다. 이 때 톰슨은 30피트 상공 위로 튕겨져
나갔다. 그러나 죽을 사람은 접시물에 코를 박고도 죽고, 살 사람
은 비행기에서 떨어져도 산다는 말이 맞는 것일까. 톰슨을 하늘
나라로 데려가기에는 아직 어리다고 판단했는지 그는 다행히 전
기줄을 붙잡는 행운을 잡았다. 톰슨은 그 때부터 가녀린 줄 하나
에 자신의 생명을 걸고 구조대가 올 때까지 전깃줄에 매달려야
했다.

다행히 얼마 안 있어 사고 소식을 접수한 구조대가 톰슨을 구
해내는 데 성공했다. 당시 톰슨이 매달려 있던 전기 접지선은 단
전되어 있었지만 구조원이 구조를 시작했을 때 하마터면 감전사
고가 일어날 뻔한 아찔한 순간도 있었다고 한다.

톰슨은 병원으로 이송되어 찰과상과 타박상 치료를 받고 무사
히 퇴원할 수 있었다.

지구촌은 넓고
이상한 얘기도 많다

2016년 3월 21일 / 1판1쇄 인쇄
2016년 3월 25일 / 1판1쇄 발행

엮은이 | 김 영 진
펴낸이 | 김 용 성
펴낸곳 | **지성문화사**
등 록 | 제 5-14호(1976.10.21)
주 소 | 서울시 동대문구 신설동 117-8 예일빌딩
전 화 | 02)2236-0654, 2233-5554
팩 스 | 02)2236-0655, 2236-2953

정가 12,000원